세빌리아 이발사의 모자

세빌리아 이발사의 모자

개정판 1쇄 발행 2020년 5월 20일

지은이 이재호
펴낸이 이희섭
펴낸곳 (주)씨피엔

디자인 박예은
편집 박예은, 윤혜성
교정 김혜련
마케팅 고은빛

주소 경기도 부천시 부일로205번길 47, B2 (상동, 서진프라자)
신고번호 제2017-000084호
대표전화 02-899-5485

ISBN 978-89-92381-12-3(03810)
값 14,000원

ⓒ 이재호 2020 Printed in Korea

잘못된 책은 구입하신 곳에서 바꾸어 드립니다.
이 책의 전부 또는 일부 내용을 재사용하려면 사전에 저작권자와 펴낸곳의 동의를 받아야 합니다.

이 도서의 국립중앙도서관 출판예정도서목록(CIP)은 서지정보유통지원시스템
홈페이지(http://seoji.nl.go.kr)와 국가자료공동목록시스템(http://www.nl.go.kr/kolisnet)에서
이용하실 수 있습니다. (CIP제어번호 : CIP2020019447)

마음이 따뜻해지는 어른 동화

개정판

세빌리아 이발사의 모자

이재호 지음

작가의 말

책을 내다!

　다소 이색적인 제목인 '세빌리아 이발사의 모자'는 희곡을 몇 편 쓰다가 책으로 엮은 소설집이다.

　95년도에 제주도에서 작품을 썼으니 어느덧 25년 이상 되었다. 어린 시절의 여름 한 날, 그 풋풋한 날의 뒤죽박죽 일상을 기록한 책 한 권. 물론 당시에도 현실 감각이 부족한 작품으로 비판도 받았지만, 반대로 현실 감각이 충분히 녹아 있다면 아쉬움을 주지 못하는 작품으로 기억되어 사라졌을지도 모른다.

　늘 아쉬움을 남겨두고 있었던 작품이었다. 언젠가는 다시 책으로 엮을 생각을 가지고 있었다. 어른들이 읽는 동화라는 부제가 그렇듯이, 우리 세대의 어린 시절이 고스란히 녹아 있다. 수박서리, 홍수, 물놀이…….

이발사 아저씨는 그런 아이들의 질서 안으로 매캐한 모깃불처럼 무턱대고 던져진다. 그리고 온갖 억측을 만들어내면서 아이들의 관심을 끌기 시작한다.

전나무 아래, 비가 오는 산중에서 알 수 없는 행동으로 아이들의 공포심을 자아내는데. 그 공포심에 주인공 소년은 때로는 동질감을 느끼고, 또한 흥미를 불러일으키면서 아저씨에게 다가가기 시작한다.

독자들도 절름발이 이발사와 소년의 뒤를 따라 소설 속으로 빠져들기를 바란다.

목차

작가의 말 4

01	대머리	8
02	빛나는 머리통	14
03	일사병	24
04	죽느냐, 사느냐	30
05	남자의 책임	39
06	땜장이 모자	47
07	세발이 이발사	55
08	의문스런 이발사	66
09	crazy 이발사	73
10	사각 모자	100
11	내 친구 삼식이	111
12	수박 서리	119
13	죽음	138
14	똥개	149
15	장군과 졸개	167
16	구렁이	174
17	구렁이 포획전	188
18	세빌리아 아저씨	198
19	찐다 찐다	208
20	전나무와 이발사	217
21	의문투성이	235
22	후기	255

01 대머리

요즘 머리카락이 훌러덩 벗겨지고 있다. 나이 탓이기도 하지만 머리 특성상 모발이 가늘어져 자주 빠진다고 한다. 모발에 좋다는 샴푸나, 민간요법에 의존해 보기도 하지만 영 개운하게 좋아지질 않는다.

나는 작업대에 박혀 있던 시선을 들어 막 새벽에 배달된 신선한 우유 한 병을 들고 거울부터 본다. 우유가 머리카락에 좋다는 말을 들은 후로 벌써 몇 년째 우유를 시켜 먹고 있지만 머리카락은 여전히 듬성듬성하다. 희끄무레한 빛이 투명한 유리 가루마냥 창틀에 걸려 있다. 그새 새벽이 된 모양이다. 빛 무더기들은 작업실 구석으로 햇살이 드나들며 파놓은 구멍에도 작렬하다.

눈까풀이 자꾸 밀리고 호흡은 쇳조각을 삼킨 듯이 영 거북살스럽다. 허리 통증도 여차하면 내 몸의 일부를 도려낼 듯하다. 이에 반해 상체는 고개를 향해 잔뜩 당겨져 있어, 이런 괴이쩍은 모습을 누가 볼까 봐 조바심이 일 정도다.

조바심이 이는 것은 엇각으로 도열한 갖가지 정물 속의 먼지투성이 화구들도 마찬가지다. 채신머리없이 어둠으로 가려진 영역에서 떨어지지 않으려 안간힘을 쓰는 것으로 이미 모든 '안간힘'을 추징당하고 있다.

정신을 차리려면 세수라도 할까 싶었다. 벽에 걸린 수건 한 장을 집어 들고 샤워실로 걸음을 옮겼다. 욕조에 물을 가득 담아 유제처럼 진득거리는 샴푸액을 꾹 짜내 머리카락에 흠뻑 칠해 우선 머리부터 감았다. 문득 아내의 말이 떠올라 나를 긴장시킨다. 샴푸는 머리 감는 데 쓰는 거구요, 비누는 세수할 때 쓰는 거예요. 당신은 샴푸로 세수도 하고 머리도 감아요. 샴푸로는 머리만 감고 세수를 하면 안 되는 법을 잘 지키는 아내가 꽂아 둔 드라이기로 머리카락을 건조시킨다.

오늘도 한 줌이나 되는 머리카락이 빠졌다.

'머리카락이 빠지다니…'

한 올 한 올 푸성귀처럼 힘없이 수챗구멍으로 속속 흐르는 것을 바라보면서 이러다가 대머리가 되지 않을까, 하는 수심도 요사이 나의 고민거리 중 하나이다.

"우리 동네는 대머리 천국이요, 천국! 김 화백도 곧 천국의 일원이 되겠구려."

집 앞 구멍가게 박씨가 너스레를 떨면서 나를 골려 대지 않는가.

대머리?

그런 우려에 슬그머니 끼어드는 유년에 대한 기억이 잔잔한 실소를 머금게 한다. 예의 증명이라도 하듯 욕실에서 나온 후, 한동안 유년의 기억을 더듬었다. 그 엉뚱하고도 괴이쩍은 이발사의 모자와 아저씨. 여전히 신경 거슬리는 아내의 잔소리 단골 소재인 담배 한 개비를 꺼내 물면서….

몇 해 전만 해도 나의 머리칼은 지금보다 지극히 진한 갈색이었다. 모발의 두께도 가늘고 미세하여 어떤 종류의 성긴 빗으로 갖은 정성을 다해 빗어 내려도 잘 흘러내리지 않았다. 설상가상 빗이 닿는 부분은 자주 끊어졌다. 모발이 너무 촘촘하고 성기게 난 탓이었다. 그런 모발 덕에 유년 시절 아무리 좋게 만든 새하얀 '비누'나 당시 샴푸를 대용한 '양잿물'을 희석시킨, 일종의 원시 '린스'를 이용하여 머리를 헹구어 내도 머리 껍데기를 벗기기라도 할 듯이 착 달라붙어서 빗조차 나아가질 않았다.

빗에도 문제가 있었던 것을 굳이 모발만 가지고 탓할 이유는 없지만, 이야기의 관점이 머리칼로부터 파생되었으며, 빗이 엉성한 대나무 빗살을 쪼개 만든 참빗이었기에 그럴 수도 있다는 점은 들추어내지 않는 것이 옳은 일일 것이다. 그 참빗으로 머리칼을 빗어 내리면 서캐가 하얗게 실려 나오던 기억까지도….

한창때의 두피는 포피包皮하고 있는 외부의 모세혈관 중에 실핏줄이 공급하는 단백질의 양이 터무니없이 많아 공기 중의 산소, 질소, 유황… 등, 정확히 어떤 원소와 혼합되어 그런지 윤기로 반질반질하여 여름날 싱싱함을 위장하기 위해 물에 흠뻑 적신 배춧잎처럼 축 늘어지곤 하였다.

마치 이발소의 성분 나쁜 포마드를 바른 것 같았다. 그런 머리통은 집 앞으로 이른 새벽잠에서 깨어나 오줌을 갈겨 대던 텃밭에 시절 없이 불쑥불쑥 솟아나던 개똥참외의 빤질거리는 표면과 비슷하였다. 어쩌다가 머리칼이라도 쓸어 볼라치면 손안에 잡힐 듯이 빠져나가는 밴댕이 ― 요즘에는 밴댕이로 구이도 하고 찜도 찌고 회도 쳐서 먹는 모양이나, 나 어렸을 적에는 고기 축에 끼지도 못한, 그저 삭힌 젓국에 골라내지 못하여 간헐적으로 끼어 있던 어류였다 ― 란 놈과 비슷하여 친구들의 표현을 빌리자면 개똥참외와 밴댕이를 통칭하여 '참댕이' 대갈통이라 놀리곤 하였다.

머리칼 속에서 쏟아지는 악취 역시 그 지경 이상以上으로 표피의 단백질이 공기 중의 빛과 열기에, 비가 오면 빗물에 습하고, 더운 날에는 끄덕대는 훈기에, 대기 중에 가득한 까닭 모를 원소들과 열기에, 눈이 내리는 날에는 오염된 눈발에, 끈적거리는 공장의 그을음과 매연, 유황 등과 뒤섞여 나는 마땅치 않은 냄새로 코를 찔러 댔다.

생선이나 피혁공장에서 덜 마른 짐승 가죽이 썩어가며 내는 냄새처럼 지독하다 보니, 파티 장소나 세미나, 전시회 등 대중이 모이는 장소의 분위기를 흐리게 해서 여간 고역이 아니었다. 어쩌다 그런 곳에서 초청장이라도 날아오면 은근히 노이로제로 작용했다. 말이 길어지면 웃을 일이 한두 가지가 아니었다.

내 나이가 중년이 넘은 지금도 불알지기 친구들의 기억 속에는 유난히 반짝거리는 나의 머리통을 제일 먼저 기억해 내곤 한다.

'아, 참댕이 대갈통!'

　박장대소를 터트리며 자신들의 무릎을 탁 치면서 반색하는 것이다. 하지만 어느새 배춧속처럼 꽉 찼던 머리카락이 이제는 듬성듬성 처삼촌 묘를 벌초해 놓은 듯하니, 세월 풍상에 시름하며 살아온 나를 나이 들게 만들었다. 그러니 세월에 빗대 머리카락이 최초로 나를 배신하고 있는지도 모를 일이다. 세월이 모든 것을 버리게 만들듯이 내 머리카락이 먼저 나를 저버렸는지도, 머리카락이 최초의 배신자인지도….

02 빛나는 머리통

언제나 빛나는 머리카락 덕분에 몇 걸음, 아니 몇 미터, 실제 그 이상의 거리에서도 나의 정면正面을 보지 않아도 쉽게 정체를 들켜 버리곤 하였다.

내가 초등학교…? 아니, 국민학교…? 4학년 때 — 나는 지금도 학교 명칭이 어느 것이 정확한지 잘 모른다. 초등학교인 줄은 알고 있으나, 아직도 우리 집 앞 아들 녀석이 다니는 학교는 'ㅇㅇ국민학교'라는 간판이 그대로 달려 있어서 아내는 끝까지 국민학교를 고집한다. 일제의 잔재 청산 운운하면서 분명히 십수 년 전 국회를 통과하였는데도…. — 하여간 그 시절 교정에서 공놀이를 하거나, 피구, 정구, 발야구를 하거나, 대부분 악동으로서 위세를 떨치던 못된 짓을 할 때는 여러 명 아니 전교생이 모여 있다 해도 햇볕이 쏟아지면 심하게 반짝거리는 두상 덕에 나를 구별하기는 별반 어렵지 않았다.

방과 후 청소 당번을 땡땡이치고 여럿이 도망을 가거나, 지각을 하고

개구멍을 지나거나 학교 담을 넘을 때나, 여자아이들 고무줄을 끊고 달아나거나, 누르스레하게 더럽고 지저분하기 한량없던 치맛단을 들추고, 치맛단보다 더욱 누르스레하고, 더욱보다 더 더럽고, 더 더러운 것이 한결같은 빤쭈를 훔쳐보거나, 심지어는 엄앵란, 신성일의 애정 영화를 몰래 보다가도 영화관의 조명 빛에 반짝이는 머리통 덕분에 언제나 나만 적발되는 것이었다.

결과로 교무실에 끌려가기 일쑤였고, 선생님들의 고문에 못 이겨 또래 친구들을 밀고하지 않을 수 없었다. 결국 빛나는 머리통 덕분에 친구들이 되도록 나와 어울리기를 꺼려했다면 그 폐해가 어떠했는지 알 수 있지 않은가. 그런 사정은 동네에서도 매일반.

참외, 수박, 딸기, 복숭아, 사과, 배 등의 과일과 오이, 가지, 토마토 등의 채소까지 명구 아저씨의 과수원과 텃밭에는 여름 한철 먹거리가 즐비하였다. 일명 명구 아저씨네 과수원, 혹은 명구 아저씨네, 명구네, 과수원, 이런 식으로 서너 발치 사이에 있었던 여름 한철 밭이었다.

명구가 제멋대로 명구 아저씨네 과수원이라 부르는 이유는 말 그대로 명구 아저씨가 과수원의 주인이기에 그리 부른 것이고, 아저씨네, 명구네, 과수원 이렇게 따로따로 나누어 부르는 데는 내 친구 삼식이가 그 명구 아저씨의 큰집이며, 명구 아저씨의 간계한 머리로 삼식이가 나와 함께 수박 서리를 하다가 적발되었을 때 삼식이가 조카라는 사실을 방치하기 위해 명구 아저씨네라는 의식을 고취했기에 그리 부르는 것이다. 명구 아저씨네, 명구네, 과수원, 이렇게 부르는 이유는 내 친구 명선이의 아버지가 명구 아저씨의 외삼촌이었기 때문이다.

그러니까 명구와 삼식이, 명선이는 어떤 모종의 관계였는지 추측은 곤란하였지만, 명구 아저씨를 중심으로 혈연관계가 얽혀 있었다. 명구와 삼식이가 부득불 과수원 아저씨와 친하기 위한 수작으로 명구 쪽에선 그냥 명구 아저씨네, 삼식이 편에서 기분 좋으면 그냥 아저씨네, 기분이 다소 좋지 않으면 과수원, 이것도 저것도 아니면 그냥 명구네, 이렇게 호칭을 하고는 하였다.

나는 제멋대로이며, 될 수 있으면 소유권 주장이 덜한 명선이나 삼식이와 어울려야 그 과수원을 마음 놓고 드나들 수 있었다. 그런 흉계를 알 턱이 없는 삼식이는 나와 어울리기 위해서 삼촌의 과수원을 그냥 과수원인 양, 인간 구성의 기본요소인 혈연관계를 정면으로 부정하면서 매번 서리에 적극 동참하였다.

사실 혈연관계라는 것은 때에 따라서 혈연이 아닌 관계보다 인간관계를 더욱 애매하게 만들곤 했으니, 설사 나의 흉계를 알아차렸다 해도 애매한 것을 정리하지 못하도록 철저히 돌머리로 무장한 삼식이가 수박 서리에 적극 참여하는 것은 요령부득이었다. 어쨌든 과수원은 읍내의 과일 도매점이나 운동회 날 달리기가 끝나고 엄마가 속봉창에 숨겨 둔

꼬깃거리는 쌈짓돈을 털어 사 주었던 학교 앞 노점상의 즐비한 먹거리들처럼 여름 한 철 우리를 유혹하였다.

그 시절, 그 맛있는 과실들을 보고서 그냥 지나칠 수가 있었겠는가? 마치 참새가 방앗간 굴뚝을 드나들듯이 가급적 야간을 이용해 숨어들곤 하였다. 그러나 달빛이나 별빛에, 아니면 모깃불에 반짝이는 나의 머리통은 쉽게 수박통과 구별되었다. 결국, 그날로 검거되지 않아도 다음 날 아침에 명구 아저씨가 새벽같이 우리 집으로 달려와 나의 머리통이 별빛에 무척 반짝였노라며, 그동안 서리 맞은 과일값을 엄마나 아버지에게 두 배, 세 배로 부풀리는 기염을 토하곤 터무니없이 챙겨가곤 하였다.

삼식이를 비롯한 다른 친구들이 서리한 것까지 덮어쓰는 것은 기본이었고, 때로는 타 동리에서 원정 온 서리꾼들의 소행마저도 이상한 머리통을 달고 있는 내가 뒤집어써야 했다. 명구 아저씨는 매번 내 머리통을 검거의 징표로 삼았다. 억울했지만 소용없었다. 이런 항변은 불가항력이었다.

오로지 머리통 때문에…!

명구 아저씨는 내가 서리하는 것을 방조하는 편이거나 눈감아 주는 편이었는데, 미상불, 명구 아저씨의 수상한 행동을 살펴보자면, 원두막에서 밤을 꼬박 새우고 우리 집 앞을 지나칠 때면 일도 없이 대문에 발을 들여놓으며 참외가 먹기 좋게 익어 가고 있다는 둥, 요사이 가물어 수박 맛이 제법이라는 둥, 대성이가 어제저녁 서리를 안 하니 밤새 편하게 잤다는 등의 말도 막걸리도 아닌 귀가 솔깃한 정보를 부러 흘림으로써 참외를 먹고 싶은 생각을 염원하게 만들었으며, 수박 맛을 꼭 보고야 말겠다는 앙심을 품게 만들었다. 실제로 밤새 편하게 잤다면 서리는 식은 죽 먹기라는 기대까지 유발하게 만들었다.

그러나 매번 그 기대는 기대 이상의 기대 외에 아무것도 충족시켜 주지 못하였다. 우리 동네 내 또래 친구들은 '원기소'나 '아톰알' 따위의 영양제가 없었던 당시, 과일에 흐르는 당분과 비타민 A, B, C…, 기타 미네랄, 섬유질의 고칼슘 영양소들을 빛나는 나의 머리통 덕분에 어부지리로 얻어 대한의 남아로 무럭무럭 자랄 수 있었던 것이다.

별별 다른 방법을 다 써 보아도 발각되기는 마찬가지였다. 우선 수박을 반으로 쪼개서 파먹은 다음, 엄마의 월남치마와 팬티의 고무줄을 이용해 보았다. 아마도 엄마는 이후 고무줄이 없는 팬티를 입고 다녔을 것이다.

우선 동그란 수박통의 양옆에 구멍을 내고, 토끼를 잡을 때 흔하게 이용하는 올가미를 만들던 방식으로 끈을 엮어 머리에 쓰고 위장을 한 상태에서 수박밭에 기어든 적이 있었다. 그러나 낮은 무릎으로 수박밭을 기다 보면 머리칼의 기름기와 수박 안쪽의 물기가 만나, 비비적거리며 이마를 타고 눈앞으로 흘러내려 시야를 가렸다.

　몇 걸음 더 손발 걸음으로 기다 보면 눈이 가려진 무아의 상태가 되어 무릎은 건성이고 손 중심으로 기다 보니, 수박밭에 거름으로 준 인분이나 개똥 구덩이, 철망, 풀뿌리, 가시넝쿨, 더 나아가서는 명구 아저씨의 흰 고무신을 집어 버려 그날의 서리를 망치는 것은 고사하고, 각종 인분을 매만져 옷을 버리거나, 가시에 찔려 피가 나거나, 지독히 재수 없는 날에는 명구 아저씨에게 목덜미를 데걱 잡히고는 하였다.

이 외에도 수도 없는 모든 묘수를 다 짜내 명구 아저씨네 젖과 꿀이 흐르는 가나안 땅으로 숨어들어 보았다. 형의 가방에서 물감을 훔쳐 내 발라 보거나, 모발에 크레용을 마구마구 칠한 상태로 이번엔 틀림없겠지 하며 수박밭을 기어들었으나, 은은한 별빛은 색깔만 지우고 영락없이 머리통이 반짝여 검거되는 것이었다.

그럼 왜 빛이 있을 때만 서리를 해야 했을까?

그 이유는 서리를 하려면 약간의 빛이 필요했기 때문이었다. 아무것도 안 보이면 무엇을 들고 나온단 말인가?

과거에 서리를 해 본 경험이 있다면 이해가 갈 것이다. 굳이 그 같음을 논하지 않더라도 수박밭에는 불빛이 노상 반짝였다. 비바람, 폭풍, 태풍 등이 농간을 부리거나, 태풍, 폭풍, 비바람 등이 연합해서 농간을 부리거나, 쏟아지거나, 몰아치거나…, 등으로 인한 천재지변의 요건에 해당 사항이 있거나, 몇 해 전처럼 전쟁이 나서 도덕책이나 국어책을 통하여 꼭 무찔러야 하는 민족, 북한의 소련제 폭탄이 수박밭에 떨어져 수박밭에 한 길 이상의 우물 구덩이가 나거나, 폐허가 되지 않는 한, 원두막에는 노상 명구 아저씨가 나 같은 서리꾼들을 감시하며 잠을 잤다. 별빛 달빛이 없어도 모기를 쫓기 위해 짚으로 밑불을 다진 다음 인근 보洑에 시절 없이 피고 지는 생풀잎이나 쑥밭을 휘적휘적 긁어모아 모깃불을 피워 놓고는 소형 트랜지스터라디오에서 흘러나오는 연속극을 들어

가며 잠을 자는 둥, 코를 고는 둥, 방귀를 뀌는 둥, 할 짓 못 할 짓 다 해 가며 목침을 괸 상태로 고개를 상하좌우로 까딱까딱하며 선잠을 자곤 했다.

모깃불은 생풀잎을 태우면서 짚에서 탁탁 불꽃이 일어나는데, 그러면 그 조그만 불꽃에도 수박밭을 기어 다니는 나의 머리통은 여지없이 반짝였던 것이다.

불꽃이 반짝하면 나는 지레 겁을 먹고는 냅다 땅바닥으로 고개를 쑤셔 박고, 그러다 불꽃이 사라져 사위가 희미해지면 독사 대가리처럼 서서히 고개를 치켜들고 수박밭의 동정을 살피며 앞으로 전진한다. 하지만 이미 까딱까딱하고 있는 명구 아저씨는 자신의 눈 아래 어둠으로 인해 평면이 되어 버린 수박밭에서 간혹 번쩍번쩍하는 섬광을 느끼고는 잡으려는 노력 같은 것은 전혀 하지 않은 채 마른기침만 두어 차례 내처 연발하다가, 날이 밝으면 부러진 수박꼭지만 남긴 채 없어진 수박의 수량을 셈하면, 아니 매번 더 헤아리면 만사가 해결되었다.

아버지는 일일이 수박의 꼭지를 셈하는 일은 무의미하다고 여겼는지 나중에 명구 아저씨가 요구한 금액이 아이가 훔쳐 낸 수량으로는 많다 싶어도 묵묵히 셈을 해 주었다. 사실, 그것은 어쩌면 아버지의 책임인지도 몰랐다.

형과 누나의 머리카락은 아버지와는 다르게 검고 숱이 적당했으며, 중학생인 관계로 짧았다. 게다가 지극히 정상적으로 반짝이거나, 기름기가 흐르거나, 냄새가 나거나, 번들거림 없이 자연스럽게 뻣뻣한 엄마의 머리카락과 비슷하였다.

이에 반해 아버지는 유난히 기름기가 많았다. 하루만 감지 않아도 흡사 들기름, 참기름, 콩기름, 개기름…, 하여간 세상의 모든 악취 나는 기름과 악취 없는 기름, 기름, 기름…, 기름으로 만든 세상 모든 '끈적임'들이 사돈의 팔촌까지 아버지 머리카락을 놀이터 삼아 번들번들, 반질반질거렸다. 때때로 흰 머리카락도 검은 머리카락 사이로 몇 올씩 보였는데, 그곳에 흐르는 기름기는 동글동글 이슬이 되어 흐르는 것이었다. 그리고 그 냄새…. 하여간 아버지는 자신의 머리카락을 닮은 막내에게 가타부타 잘못을 꾸짖거나 혼내는 일 없이 명구 아저씨의 손에 돈을 쥐여 주었다.

그러므로 나의 머리통은 우리 집안의 결정적인 낭비 요인이 되어 생각지도 않은 지출을 만들어 내는 암적이고 절대적 배척의 대상이 되었고, 때문에 형과 누나의 설움을 받기도 하였다.

"에그, 멍충아. 서리를 하려면 걸리지나 말든지."

명구 아저씨로부터 비보를 듣게 되면, 형은 학교에 갈 때나, 올 때마다 곰방대의 재를 털듯 나의 머리통을 두들겨 댔다. 어려운 수학 문제가 잘 풀리지 않아 골이 나는 날이면 더욱 세게 쥐어박고, 수학 문제가 잘 풀린다 해도 일부러 수학 문제보다 더 어려운 다른 문제를 만들어 내서 그것을 트집 잡아 나의 머리통을 북처럼 두들겨 대기를 내가 여름날 수박 서리하듯 하였다.

"대성이는 커서 뭐가 되려나? 의적이 되려나?"

시집가기 전까지 누나는 온통 나를 도둑놈 취급 하였으며, 시집을 가고 난 후에는 매형이 '우리 막내 처남은 전생에 수박 못 먹고 죽은 귀신이 들렸나?' 하며 얄밉게 누나의 업무 분담을 자처하고 나섰다. 덩달아 엄마조차 뭐라 할라치면, 아버지는 언제나 내 편이 되어서 엄마의 호통 소리를 제지하였다.

"아니, 애가 왜 이리 유별나?"
"애들은 다 그러면서 크는 거요."

이후로도 아버지의 말씀에 따라 애들은 다 그래야 하므로 서리는 계속되었고, 그래서 우리 집은 노상 유별난 내가 서리한 수박값을 변제해야 했다.

03 일사병

    수박 서리를 본업으로 삼고, 서리한 수박을 맛있게 먹는 것을 부업으로 삼아, 시도 때도 없이 '오, 수박이요!'를 연발하던 한여름 날이었다. 명구 아저씨네 수박밭의 수박통이 한여름이라서 저절로 굴러다니며 나를 찾는다고 목소리를 높이던 여름날이었던 것도 같다.

    나는 수박 서리는커녕 굴러온 수박도 보는 둥 마는 둥 외면하며 다시는 수박과 관계되는 일로는 그 어떠한 행동조차 안 할 것처럼 아니, 이와 비슷한 도발적인 온갖 행동도 자제한 채 방구석에 온종일 틀어박혀 있게 되었다. 그놈의 일사병 때문에.

    나의 머리카락은 심하게 달라붙어 숨을 쉴 수 없었다. 그래서 그런지 가끔 머리통에서 미열이 나고는 하였다. 그 원인은 다름 아닌 햇볕 속에 포함된 자외선의 영향으로 가시可視거리가 달라붙은 머리로 인해 극감화極減化되어 일사병에 걸릴 확률이 높아서 그렇다는 거였다.

여름 방학 중, 친구들과 물장구를 치던 냇가에서 우연히 마주친 선생님이 여름철 건강을 지키는 방법에 대하여 일장 훈시를 했는데, 놀랍게도 건강을 지키는 데 있어서 주의 사항은 모두 나에게 해당되는 요건뿐이었다.

"이놈들, 얼른 안 나오느냐? 여름철에는 가급적 서늘한 그늘에서 놀아야지, 안 그러면 일사병에 걸려요. 특히 머리통이 특이한 놈들은 더욱 조심해야 할 거야!"

냇가에서 불려 나온지라 물기를 줄줄 흘리는 친구들을 쭉 불러 세워 놓고는 특이한 머리통 운운하시며 일사병에 대하여 일장 연설로 양념을 살살 뿌리더니,

"일사병이란 열대 지방의 기온에서 유발되는 병으로서, 지금처럼 내리쬐는 햇볕의 양이 많아지면 자연적으로 늘어난 자외선의 영향으로 걸리게 되는 병이다. 그러므로 오늘처럼 한낮의 기온이 푹푹 찔 때는 모두 일사병에 무방비로 노출되어 있다고 보면 된다. 특히 대성이 너! 네놈 같은 참댕이들은…"

하시며 나를 향해 타액폭탄을 토해 내는 것이었다.

순간 나의 다리통이 머리통보다 더욱 놀라 후들거렸고, 손안의 작은

핏줄까지도 경직되었다. 선생님은 자칭 열강을 끝내고 아이들을 한 바퀴 휘 둘러보더니 다시금 나를 지칭하며 거듭 침을 튀겼다.

"대성아, 알아들었지?"

"예예…."

속이 뜨끔하여 저절로 나의 말소리에 힘이 빠졌으며, 빠진 말소리는 치통처럼 아려왔다.

"자, 모두 집 앞으로 뛰어간다. 요이땅!"

우우우, 친구들은 모두 방학 중에도 일일이 따라다니며 거룩한 가르침을 연장하는 선생님의 높은 교육열에 혀를 날름거리며 달아났으나, 나는 맥이 빠져 달아날 기운조차 없이 터덜터덜 집으로 돌아왔다.

집에 돌아온 후부터 푹푹 찌는 여름날에는 필히 명구 아저씨네 수박밭에 서리를 가야 한다는 막중한 사명도 잊은 채 일사병의 공포로 방 안에 틀어박혀 있었다.

그날은 중복에서 말복을 지나는 사이로, 천장을 휘젓는 상량목엔 온전한 세상, 맛 간 세상, 이승, 저승 등에서 모두 몰려나온 땡볕 더위가 목을 졸인 채 할딱할딱 매달려 있었다. 시뻘건 쇳독이 들어박혀 있는 서까래와 보기에도 미천한 흙벽돌 사이에서도 땡볕 더위가 온 정성을 다해 미친 듯이 찐득거렸다.

무수한 열기熱氣와 열기를 낳은 어미 아비를 비롯한 위아래 모든 형제가, 또 변강쇠 형 같은 정력으로 토해 낸 그들의 자손만대 새끼들까지 너무 더워 못 참겠다고 아우성을 치며 푹푹 스며 나왔다. 막상 스며 나왔으나 더욱 덥고 습한 방 안 공기에 화들짝 놀라다가 나의 몸뚱이를 발견하고는 몸뚱이 곳곳, 습하고 외진 곳으로 끈적끈적 발악하듯 스며들었다.

그 바람 — 여기서 바람은 시원한 바람風이란 뜻이 아니다. 바람의 다른 뜻을 찾지 못하는 관계로 오로지 더위만을 내뿜는 바람이라 이해하고 넘어가자 — 에 눈, 코, 입, 가슴, 배, 목덜미는 물론이려니와 사타구니와 선불 맞은 듯 불알 밑의 습하고 외진 곳 등, 주로 주름살로 가려져 볕이 들지 않는 피부 사이를 중심으로 열기와 열기의 혼합 배설물로 고여진 땀방울이 진물처럼 질질 흘러내렸다.

땀으로 빚어진 냄새는 더욱 심각한 지경. 된장, 콩장, 오줌장, 똥장, 간장, 고추장, 맵고 텁텁하고, 더럽고, 조금 더 더럽고, 더 더럽고의 약간 더 더럽고, 약… 약간 더… 더 더럽고, 더, 더, 더, 더, 더…. 하여간 온몸은 냄새의 시궁창으로 변해 나의 콧등으로는 시궁창에 열熱궁창, 아구창까지 이쪽저쪽 모든 억만 가지 오염의 궁창이 흘러들었다.

하지만 나는 꼼짝할 수가 없었다. 죽음의 공포가 나를 짓눌렀기 때문이다. 나중에는 위턱 아래턱이 턱턱 균형이 어긋나기 시작하며 덜덜 떨어 대고 있었지만, 몸에서는 어긋난 턱의 의지와는 상관없이 더위로 인한 땀인지 공포로 인한 땀인지 분간할 수 없는 땀방울이 몸의 구석구석에 달라붙었다. 그러다가 아예 빗물처럼 줄줄 흘러내리는 것이었다.

방 안은 내가 흘리는 땀방울로 철벅거리고, 내가 토해 내는 냄새로 진자리 마른자리 할 것 없이 공포가 밀려왔다. 졸지에 방 안은 오월의 공동묘지 속이 되어 버려, 방이 무섭고 새삼 방 안을 이루고 있는 구조물들까지 무서워졌다. 서까래와 서까래 위 지붕이 곧 무너질 것 같았고, 옹벽에 구멍이 날 것 같았고, 그 구멍 속에서 구멍 난 해골이 나올 것만 같았고, 벽장 속에서는 귀신 같은 몰골의 진짜 귀신들이 떼를 지어 튀어나올 것만 같았다.

나는 방 안 이곳저곳을 훔쳐보다가 용기를 낼 구실을 찾던 중 대뜸 제일 음침해 보이는 벽장문을 활짝 열었다. 가장 취약한 급소를 갈기듯 가슴팍에 힘을 주고, 입술을 훑어가며 벽장 속을 천천히 들여다보았다.

암순응 속 어두컴컴한 낙서가 모서리 가득 거미줄에 대롱대롱 매달려 있었다. 순간 맵고 더운 바람이 벽장의 쪽창으로부터 몰려나와 나의 안면을 치고는 등 뒤로 빠르게 빠져나갔다. 언뜻 몰려드는 바람을 피하려다 잠시 전, 고민에 싸여 있던 머리통부터 중심이 무너지며 그대로 나가떨어졌다. 쿵, 무지무지하게 골 아픈, 실제로 일사병 때문에 더욱 골치 아픈 대갈통을 부여잡고 나는 한동안 멍해 있었다.

04 죽느냐, 사느냐

내가 일사병에 걸리면 어떻게 하지?

한참을 생각에 골몰하자니 선생님으로부터 듣게 된 병의 상태와 동일한 증상, 나 같은 머리통에 대하여 연설했던 증상들이 자각되었다. 곧 무시무시해졌으며, 머릿속에는 형언할 수 없는 불꽃들이 우주의 별처럼 생성되어 축포를 터트리며 나중엔 중력의 힘까지 빌려 나의 골을 수차 때렸다. 일사병을 연이어 생각하는 일은 한마디로 '골 때리는' 일이었다.

머리에서 미열이 났다. 햇빛만 보아도 어질어질, 머리가 수그러들었다. 수그러든 머리를 다시 들면 현기증이, 눈동자에서는 명구 아저씨네 밭에서 보았던 별빛이 반짝반짝, 평상시보다 물을 많이 마시게 하는 심한 갈증까지. 뜀박질 후 필요 이상으로 심장이 벌렁대는 증상까지, 흡사한 점이 너무 많았다. 아니 똑같았다.

나는 곧 죽을 것이라는 무력감에 빠져들었다.

'죽는다! 내가 죽는다! 내가 정말 죽는다!'

내가 죽는 것은 현실이다. 당연한 일이다. 왜? 일사병이라는 마귀 같은 놈이 내가 수박통을 파먹듯이 여름철 내내 나를 파먹을 것이기 때문에….

내가 죽으면 엄마, 아버지는 어떻게 사시나?
불쌍한 나의 부모님!

천하의 불효자는 죽음이라는 어렵고도 쉬운 문제를 부모님보다 먼저 해결한 나머지 너무 흥분하다 돌연 죽어 버리는 것이라는 말도 있는데….

귀여운 막내를 그리워하면서 조문객들 틈에서 땅을 치며 통곡하다가 손바닥이 갈라져서 피가 흐르는 줄도 모르고, 손바닥으로부터 전해지는 충격에 심장마저 얼얼해지는 사실조차 아랑곳하지 않고, 그 아랑곳을 너무 혹사하면 돌연 죽어 버린다는, 뼈저리고 저린 사실을 저버린 채, 저린 뼈가 저리지 않으려고 가슴을 뚫어 심장을 찢어 놓는다는 사실도 망각한 채 미친 듯이 통곡을 할 것이다.

그 어려운 죽음이라는 문제를 건방지게시리 나보다 한참이나 까마득히 덜 산 자식 놈이 먼저 풀어내다니! 엉엉…, 분하다. 최소한 정답이 무엇인지는 알려 주고 떠나거라! 엉엉…, 커닝 페이퍼만이라도….

형과 누나, 삼식이, 명구를 비롯한 많은 친구들과 일사병에 대해 가르쳐 주신 선생님. 선생님, 이 대목에서는 두 가지 생각이 한 쌍으로 떠올랐다. 하나는 일사병에 대하여 가르친 것을 후회하며 비통해하는 얼굴과 또 하나는 절대로 일사병 때문에 죽지 않았을 것이라며 허둥지둥 자연책을 뒤적이면서 자위하는 모습이…. 심지어는 명구 아저씨도 서리 맞은 수박값을 받지 못한 채 다른 녀석들이 쑥대밭으로 만든 수박밭에서 허탈한 눈물을 흘릴 것이다.

마을은 시름과 도탄에 빠져 슬픔으로 잠겨갈 것이다.

더 나아가 삼식이의 입을 통해 옆 마을 용자에게, 옆 마을 나를 아는 친구들로부터 다른 동네로, 슬픈 사연을 전해들은 옆 마을의 말하기 좋아하는 수다쟁이 입을 통해 다시 옆, 옆 마을로, 마치 유관순 누나의 3.1 만세운동처럼 나의 죽음에 관한 비보들은 요원의 불길이 되어 퍼져나가 결국에는 전국이 비탄에 빠져들 것이다. 주일, 주중, 주미…, 각국 대사의 입을 통해 미국, 중국, 일본, 저 먼 아프리카까지 나의 죽음은 전해질 터이고, 그리하여 전 세계가 슬픔에 잠길 것이다.

나의 죽음은 곧 지구의 멸망을 초래할 것이고….
막상 죽어서도 문제다.

먼저 저승길을 떠난, 머리 좋은 것으로 한 가락 한다는 고모가 나를 가만두지 않을 터, 수박 서리를 못 하게 하는 것은 기본이고, 부업에 지나지 않는 공부를 시키려 들 것이다.

참? 저승에도 수박밭이 있을까? 저승 수박은 맛이 있을까? 없을까? 저승에도 나처럼 수박 서리를 하다가 들켜서 혼찌검을 당하는 치들이 있을까? 저승에도 명구 아저씨처럼 못된 수박밭 주인이 있을까? 젠장! "어쨌든 그년이 살았더라면 대성이 저놈이 저렇게 공부를 등한시하지 않았을 거야"라고 아버지가 말하지 않았던가.

아마도 고모는 지금쯤 저승사자들에게 형의 중학교 수학책에 나오는 피타고라스의 정리 따위를 가르치며, 저승사자들을 혹사시키고 있을 것이다.

으, 불쌍한 저승사자.

고모는 악마다. 저승사자를 괴롭히다니.

고모는 악마다. 나를 내버려 두고 혼자 가 버렸으니.

고모는 악마다. 나를 공부 못하게 만들었으니. 고모가 있었다면 나는 열등생이 아닌 우등생이 되었을 텐데.

고모는 악마다. 내가 보고 싶을 때 옆에 없으니.

고모는 악마다. 불러도 대답이 없으니.

고모는 악마다. 늘 나를 우울하게 만드니….

고모를 생각하자 나는 우울해졌다. 그래서 나는 다른 생각을 하기로 했다.

나를 죽도록 만드는 데 혁혁한 전과를 올린 담임선생님 생각을 하기로 했다. 이참에 담임선생님에게 모든 죄를 뒤집어씌울 생각도 들었다. 하필 나를 대상으로 일사병 교육을 하다니.

담임선생님은 뒷산 삼식이네 할아버지의 묘 앞에서 약혼자인 4학년 2반 여선생님께 입을 맞추며 "참댕이, 대성이 놈이 죽었어"라며 양심의 가책을 느껴 통한의 눈물을 흘리며 속삭일 것이다. 그러면 4학년 2반 아이들도 그 사연을 전해 들을 것이다. 순간 이 대목에서 갑자기 생각을 멈춰야 했다.

한 사람이 떠올랐기 때문이다. 죽음 직전에 떠오른 사람은 바로 최명선崔明善이란 여자아이. 사실 나는 그애와 결혼할 사이였다. 내가 왜 기를 쓰고 명구 아저씨네 수박밭을 기어드는가 하면 바로 그 4학년 2반 명선이 때문이었다. 명선이는 앉은자리에서 수박 두 통 정도는 아무런 양심의 가책도 없이 거뜬하게 먹어치우는, 수박에 관한 한 모든 막무가내로, 우격다짐을 동원하여, 점점 게걸스럽다는 식욕으로 변질시키는, 세상 모든 게걸스러움의 진수를 보여 주는 애였다.

 수박 한 통보다 연약한 명선이의 뱃구레는 수박을 한 통 한 통 해치울 때마다 엄마의 엉덩이를 배에 붙인 것처럼 점차로 불거졌다. 그 모습이 어찌나 신통방통하였던지 잠시 바라보다 명선이의 배를 손가락으로 쿡쿡 찌를 수밖에 없었다. 혹 풍선처럼 터지지나 않을까 하는 기대와 우려 때문에…. 하지만 우려하던 터지는 소리와 기대하던 내용물을 확인할 정도의 장면은 한 번도 보질 못했다. 대신 입 안에서 수박물이 걸죽걸죽 넘어와 똥똥해진 배를 타고 흘러내리는 지저분한 장면에서 수박씨까지 삼켜 버려 더욱 지저분한 내용물의 일부가 흘러내리는 장면만은 똑똑하게 볼 수 있었다.

"우리 멱 감으러 가자."

 이 대목에서 명선이는 매번 기다렸다는 듯이 지저분해진 자신의 옷을 털면서 나의 손목을 잡아채 근처의 냇가로 달려갔다. 밤하늘의 쌀쌀한 기온에 놀란 물빛에 적의를 품고 잠시 망설이면 명선이는 딱히 일언반

구에 또 반구 정도의 가책도 없이 나를 물속에 밀쳐 넣는 것이었다.

우선 나는 형의 바지를 훌러덩 벗어 던졌다. 형의 바지는 엄마가 삼 박 사 일이나 걸려서 줄였으나, 하여간 날은 새고 밤엔 자면서 엄마의 모든 우격다짐을 동원하여 줄여도 여전히 부대 자루였다. 즉 명색만 바지였던 것이다.

거듭되는 명선의 성화에 바지도 아니고, 부대도 아닌 부대 바지를 벗고, 윗옷은 거의 걸치지 않았으므로 벗을 것도 없이 아주 높은 곳에서 물속을 향해 양손을 모으고 누구라도 보란 듯이 뛰어들었다. 물보라를 일으키며 떠오르기를 연속하면서 득의에 차 손짓을 하면, 나의 장밋빛 풋고추를 음흉한 미소로 바라보던 명선이 자신도 치마를 훌러덩 벗고 물속으로 뛰어들며 나를 따라 잠수와 떠오르기를 거듭하였다.

물속에서 가끔 소변도 보았다. 물방울이 보글보글. 그 덕에 주변 물속은 엘니뇨 현상의 영향을 받아 미지근한 기온이 잠시 감돌았다. 그 엘니뇨는 입술 주변부터 파리해진 나의 살갗을 잠시 동안 온화하게 만들곤 하였다.

물장구를 치고 자맥질을 하고 물싸움을 하는 동안, 명선이와 나는 서로의 몸을 간질이며 깔깔거렸다. 푸른 물결은 어느 순간 명선이의 눈빛에 젖어 들고, 달빛은 명선이의 머리카락으로 빚은 듯 영롱한 이슬을 알

알이 박아 놓았다.

　명선이는 수박을 먹어 똥똥해진 배를 나의 배에 밀착시켜 가며 '아주 제법이다' 하는 폼으로 속삭이곤 했다. 남자와 여자가 옷을 벗고 배를 맞대면 결혼을 해야 한다고, 남자가 여자를 책임져야 한다고….

　기실 서로 간에 그런 약속은 이미 오래전에 이루어진 굳은 언약이었다.

나는 고모와 함께 서울에 살았는데, 고모가 어느 날부터 기침을 심하게 하고 피를 토하며 폐병에 걸려 가료를 요하게 되었다. 그 바람에 아버지 손에 이끌려 나와 고모는 시골로 내려오게 되었다. 시골에 내려온 며칠 후 고모는 병을 이겨 내지 못하고 그만 세상을 떠났다.

나는 뜻하지 않은 고모의 죽음으로 우울증에 빠져 있었다. 그때 뜻밖에 촌구석에도 명선이같이 귀엽고 예쁜 소녀가 존재한다는 사실을 발견하고는, 한순간에 명선이를 사랑 — 나는 기필코 이 시기 사랑에 빠져 있었다 — 하게 되어 우울증에서 벗어날 수 있었다.

고모는 금방 잊어버렸다. 길가에 지천으로 핀 토끼풀 꽃으로 꽃반지를 만들어 끈질기게 명선이를 유혹했으며, 그 외에도 꽃안경, 꽃목걸이, 최종적으로 수박통을 선물하자 그녀는 나의 사랑에 감동하였다. 그런 어느 날 서로의 새끼손가락을 걸고 결혼이라는 굳센 결심의 약속을 하게 되었던 것이다.

이후 수박 서리를 통해 우리의 관계는 점점 더 발전했던 것이다. 더불어 배를 맞대는 데까지. 서로를 책임져야 하는 단계까지….

05 남자의 책임

　명선이를 책임져야 하는데…, 죽으면 어떻게 하지? 꼭 이렇게 죽어야 한단 말인가? 장가도 못 가 보고…. 나는 다시 증폭된 딜레마, 결혼이냐 죽음이냐, 라는 문제에 빠져들었다. 결혼은 해 보고 죽어야 하는 것 아닌가? 아니면 고모처럼 죽은 다음에 결혼을 해야 하나?

　아버지는 조만간 죽은 고모를 결혼시킨다고 했다. 죽은 사람들의 결혼식을 '영혼결혼식'이라고 하는데, 아버지는 요즘 매일 집안 좋고 인물 좋은 영혼을 찾으러 다녔다. 저승사자처럼 매일같이 죽어 갈 사람 혹은 죽은 사람을 찾아다녔다. 고모에게 짝을 지어 주어야 한다고….

　안 돼! 나는 절대로 영혼결혼식은 할 수 없어. 내가 영혼결혼식을 하려면 명선이가 죽어야 하는데, 명선이가 죽는다는 것은 너무 슬픈 일이야.

　명선이를 죽이지 않기 위해서 일단 약혼이라도 한 상태에서 죽어 버릴까? 약혼을 한다. 명선이와 약혼을. 약혼자를 이승에 두고 나는 죽고…. 그것도 슬픈 일이다. 차라리 약혼할 바에는 대충 하룻밤을 즐긴 후에 아무런 미련 없이 그냥 죽어 버릴까?

하룻밤을 명선이와 보낸다. 아니지. 아니야! 하룻밤을 보내는 결혼식을 하지 않으면 총각이라고 했다. 그리고 총각 귀신은 저승에 갈 수 없다고 했다. 고모가 처녀 귀신이라 저승에 못 간다고, 저승에는 처녀, 총각, 즉 싱글인 귀신들은 갈 수 없다고 했어. 그렇다면 저승에는 처녀 총각이 없다는 말인가? 강간 사건을 비롯한 연애 사건이나 치정에 얽힌 싸움도 없는, 재미없는 세상이란 말인가. 그럼 저승에 있는 사람들은 무슨 재미로 살까?

으, 불쌍한 저승 사람들, 과부도 홀아비도 없는 세상.

그것은 완벽한 인간들만 살 수 있다는 말이다. 백 점짜리 인생들이 모여서 백 점짜리 고스톱을 치면서 더욱 완벽해진 쓰리 고에 피박에 따따블까지. 그런 것들을 위해 산다면 나처럼 공부 못하고, 더군다나 화투장은 잡아보지도 못한 투전계의 신출내기들은 저승에서 무엇을 한단 말인가.

물 떠오고, 술 받아다 주고, 밥상 차려주고, 고리 떼면서, 고리 같은 짓거리로 남들의 점수에 편승해서 빈대처럼 살아간단 말인가. 미래가 불투명한 죽은 인생. 그렇다면 그냥 결혼을 하자. 결혼해서 자격을 취득한 후에 저승에 가자. 그래서 당당하게 백 점짜리 고스톱을 치는 데 참여하자. 고리 떼는 인생은 되지 말자.

생각이 꼬리를 물었다. 아니, 아니다! 하룻밤을 보내면 총각은 면하게 된다는 이야기도 언뜻 들은 것 같으니 그냥 명선이와 하룻밤을 지새우며 공기놀이도 하고, 어른들처럼 둘이 오붓하게 누워서 팔뚝 때리기 고스톱도 치자. 언뜻, 그러고 보니 하룻밤을 보내면 총각을 면하게 된다는 언뜻 들은 그 말은 정말 언뜻 이상의 진실이 담겨 있을까? 아니면 그 반대로 하룻밤을 보내도 여전히 총각인가? 그렇다면 총각으로 규정 당함에 하룻밤이 더 중요한가, 결혼을 하는 것이 중요한가? 혹여 하룻밤은 결혼을 해야 보낼 수 있는 것은 아닐까? 아니면 하룻밤을 보내야 결혼할 수 있는 걸까?

아, 너무 골치 아픈 일이다.

그렇다고 이제 와서 냇가에서 벌거벗은 채로 우리가 배를 맞대지 않았다고, 그러니 절대로 결혼은 할 수 없다고 버틸 수도 없는 노릇이었다. 내가 죽는 마당에 그런 거짓말을 하면 정말 목숨 내놓고 하는 거짓말이 되는데, 명선이가 얼마나 팔팔 뛸까. 그리고 명선이는 내가 죽는다는 사실을 알면 어떤 반응을 보일까. 설마 나를 본체만체도 하지 않고 명구나 삼식이에게 재차 결혼을 약속하는 것은 아닐까.

이 생각, 저 생각, 이 저 생각, 생각, 생각, 생각은 세포를 증식시키며 새끼를 까고, 깐 새끼들은 어미 생각에 또 다른 반대 의견을 표출하고, 이와 같이 일사병 때문에 시작된 고민은 결혼이라는 의외의 변수를 만나 수없이 생각의 좌초를 연발했다.

나는 궁한 대로 몇 가지 우두머리 생각을 추려냈다. 만일 사전에 어떠한 행위나 약속도 없이 나의 죽음을 맞는다면 명선이는 어떻게 될까? 그 점이 혼란스럽고 두려웠다. 죽기 전에 삼식이를 만나 명선이를 부탁해 볼까…. 삼식이에게 명선이를 떠넘긴다. 그 더럽고 추하고 지저분한 인간의 대명사 삼식이에게…. 그러자 생각은 금방 바뀌고 말았다. 생각이 바뀐 데는 더럽고 지저분한 것도 원인이었지만, 삼식이에게는 용자가 있다는 점이 결정적인 요인이었다.

그러면 삼식三食이는 일반적으로 알고 있는 삼식이라는 이름이 내포하고 있는 여복女福과는 전혀 어울리지 않게 두 여자와 살게 된다는 말이다. 용자와 명선이, 그들은 매일 싸움을 할 것이다. 서로 삼식이와 안 살겠다고…. 그러면 뻔한 상황이 벌어질 것이다.

용자의 성격은 동네에서도 포악하기로 대단한 위세를 떨치고 있었다. 용자에 대한 소문은 동에 번쩍, 서에 번쩍, 쌍무지개처럼 각종 방향에서 미친 듯 빛나고 빛났다. 그 빛나고 빛난 새끼 소문들은 줄줄이 굴비 두릅이 되어 벌써 다른 동네까지 전파되어 엄청난 위용을 떨치고 있었다.

상촌上村의 무서운 계집애. 심술 많게 생긴 볼때기 때문에 추가된 상촌의 깡볼따구, 몇 해 전 동네 남자아이와 다투었을 때 누런 이빨로 상대 아이의 고추를 물어뜯은 이후에 추가된 별명, 상촌의 황금이빨. 상촌의 뭐, 뭐, 뭐…. 주로 폭력, 악랄과 관계되는 명사로 이루어진 용자의 무시무시한 별명들. 그런 용자와 명선이가 한집에 산다면 채 이레도 못 가서 명선이 쪽에서 자살을 하거나 삼식이 쪽에서 용자에게 얻어터져 죽어 버리거나 하는 또 다른 죽음의 상황이 닥쳐올 것이다.

삼식이 아버지도 삼식이를 낳은 엄마와 기영이를 낳은 엄마가 매일 싸움을 해서 그것 때문에 동네에서 구구하게 말들이 많은데, 또다시 삼식이에게 그런 고통을 안겨 주다니, 그런 고통을 대를 물려주다니, 친구로서 — 친구란 관계가 모호하여 상황에 따라 나의 전적인 필요에 의해 달라지지만 — 어찌 그럴 수 있단 말인가. 절대 도리가 아니다.

순간 두 엄마의 눈치를 보면서 기영이를 업고 다니는 삼식이의 모습이 떠올라 갑자기 놈이 불쌍해지려 하였다. 또한 삼식이 엄마와 기영이 엄마가 대로大路, 소로小路 가리지 않고 만나기만 하면 길바닥에서 머리 끄덩이를 잡고 대판 싸움을 할 때, 뒤편에서 큰기침을 가장한 마른기침만 연발하는 삼식이 아버지도 불쌍했다.

어이구, 저걸 어째. 삼식이 아버지, 빨리 말려요. 안 그러면 당신 마누라들 저러다 둘 다 죽겠어요. 뜯어말려야 한다는 동네 사람들의 성화에 내키지 않지만 뜯어말리다 두 여자에게 뜯겨 쭐밋쭐밋 어쩔 줄 몰라 쩔쩔매는 삼식이 아버지. 두 마누라들의 스무 개 손가락이 북북 그어대 고랑이 푹 파인 삼식이 아버지의 얼굴을 보면서, 왜 삼식이 아버지는 그런 고생을 사서 하는 것일까 하는 생각이 들었다.

코끝이 아련했다. 가슴속으로는 비탄스러운 기억들이 땀방울로 축축해진 나의 심장에 찰랑찰랑 스며들었다. 재차 삼식이네 가족사의 비애가 거듭 연상되며, 가슴팍에 구멍이 송송 뚫리기 시작하였다.

슬프다, 슬퍼. 엉엉!
다시 한번 슬프다, 슬퍼. 나는 슬프다. 삼식이가 삼식이 아버지가 슬프다, 슬퍼.

나는 슬픔을 벗어던지기라도 하듯이 코를 팽 풀어 버렸다. 그러나 슬픔은 나의 죽음과 더불어 떨어지지 않고 주르륵 콧물이 되어 흘러내렸다. 한참 슬픔의 각본에 휘감겨 갈 때쯤 문밖에서 온 세상 늘어진 팔자란 팔자는 다 뒤집어쓰고 잠들어 있던 똥개가 멍멍 짖어 댔다.

"누가 왔나?"

문을 밀치자 대문 한가득 구름이 밀려들면서 한여름의 소낙비가 점점 기세 좋게 큰비로 변하면서 쏟아지고 있었다. 나는 마당에 널어놓은 고추 — 고추였는지 아니면 다른 농작물이었는지는 오래되어 기억이 희미하다. 하지만 그냥 고추라고 하자 — 를 치우려다 그냥 두었다.

죽는 마당에, 명선이와 결혼도 못 하고 총각귀신이 되어 죽는 마당에 고추가 무슨 소용인가. 내가 죽고 나면 누가 명선이에게 수박을 따다 준단 말인가? 그녀는 수박 없이는 여름 한나절도 지낼 수가 없는데….

가슴속이 박하사탕 한 봉지를 집어넣고 흔들어 댄 듯 싸하게 아려 왔다.

쏟아지는 빗줄기를 보면서 또다시 우울해져 망연히 마당을 바라보고 있을 때, 갑자기 거센 황토물이 마당을 덮쳐 오더니 고추들이 헤엄을 치고 있었다. '둥둥' 떠다니는 고추를 보면서 명선이와 미역을 감던 냇가가, 배를 밀착시켰던 순간이, 명선이의 똥똥한 배가 더욱 그리워 가슴에는 박하사탕이 아예 공장째로 들어서서 기계들을 마구 돌려 대기 시작하였다.

　새까만 명선이의 눈이 버금거리면서 황토물 속에서 자맥질하는 모습이 연상되어 한참을 슬픔에 허우적대다 심드렁하게 문을 닫고는 다시 방으로 들어와 죽지 않기 위해 고민하기 시작했다. 여름날의 빗줄기는 세차게 방문의 창호지에 먹 자국을 흩뿌려 대면서 노도와 같이 쏟아졌다.

06 땜장이 모자

얼굴을 무릎 사이에 깊숙이 들이박고 살기 위한 고민을 계속하였다. 그러던 중 문득 벽에 걸린 형의 중학생 모자가 눈에 들어왔다. 순간, '번쩍' 하며 머릿속으로 기가 막힌 아이디어가 떠올랐다. 그것은 바로 차단, 머리통으로부터 햇빛의 자외선을 막아 보겠다는 생각이었다. 생명을 지킬 수 있는 방법, 그것은 오로지 머리통을 가리는 수밖에 없다. 선생님은 일사병이 걸리는 원인이 바로 햇빛에 포함된 자외선 때문이라고 하였다.

우선 체계적이고 과학적으로 따져 보기로 했다.

형이 왜 모자를 쓰고 다니나?

저렇게 흉측하고 시커멓고 볼썽사나운 것을, 그것도 햇볕의 전이가 가장 쉬운 검은색 모자를 왜 쓰고 다니나? 아무리 중학생이라지만 왜 형과 친구들은 하나같이 모자를 쓰는 걸까?

그런 생각의 공통분모는 '형 = 빡빡머리 ÷ O = 모자', '형 친구들 = 빡빡 혹은 스포츠머리 ÷ O = 모자' 이와 같이 형과 빡빡머리에는 같은 공통분모인 '모자'가 존재한다는 것을 발견하였다. 그렇다면 빡빡머리를 감추기 위해 모자를 쓴다는 결론에 도달하였다. 나는 머리 회전이 누구보다 빠른 놈이다.

그러므로 O 안에 들어가는 것은 남들에게 모자를 써서 잘 보이게 하려고? 아니다. 형은 모자를 씀으로 해서 오히려 우중충하게 보이고, 잘생긴 두상이 가려져 폼이 나지 않았다. 그렇다면 그것은 '햇볕의 차단 = 모자?' 그러나 이 대목에서 다시 헷갈리기 시작했다.

그것은 삼식이의 머리통 때문이었다. 삼식이는 누가 뭐라 해도 빡빡머리의 원조로 여름이나 가을이나 겨울이나 봄이나, 사시사철 빡빡 이상도 이하도 아닌 진정 빡빡머리의 정통 원조인데 왜 모자를 안 쓴단 말인가? 요즘 같은 여름철에 모자 비슷한 벙거지도 안 쓰고 매번 기계충으로 탁탁 부식된 날탕 머리통을 흔들며 기영이를 업고 딱지치기를 한단 말인가. 삼식이는 진정 일사병이 두렵지 않단 말인가?

이 문제를 가지고 무려 한 시간 이상을 허비하며 고민하였다. 마루에 걸린 괘종시계가 다섯 번 '땡' 치기 시작해서 여섯 번 '땡' 칠 때까지, 산수 시간에 배운 실력을 동원하여 시간을 분으로 계산한 60분을 소비했다. 그런데 또 결론이 나지 않았다. 다만 삼식이의 큰 머리통을 줄자로

재어 본 적이 있었는데, 무려 66.6cm나 되었다.

그것은 나의 허리둘레보다도 컸으며, 나의 하체 길이보다는 조금 모자라는 것이었다. 당연히 기영이 키보다 월등히 컸다. 선생님이 우리 학교 전 학년 중에 최고로 큰 대두라며, 기념비적인 머리통을 발견한 자신의 경이적인 호기심에 더욱 경악하여 아낌없는 찬사를 보낸 사실만 보더라도 그에게 맞는 모자는 없을 것이 분명했다.

그리고 곧 삼식이도 일사병에 걸려 죽을 거란 사실도 걱정되기 시작하였다. 그러고는 서둘러 결론을 냈다. '빛의 차단 = 빡빡머리 ÷ 모자 = 일사병에 안 걸림' 그리고 모자를 쓰고 다니면 또 한 가지 이로운 점이 있다는 사실을 학교 앞에서 파는 눈깔사탕처럼 달콤하게 얻어냈다. 명구 아저씨네 수박밭을 모자 쓰고 기어 다니면 아무도 모르고 감쪽같을 것이라는 사실이다.

나는 너무 흥분하여 주체할 수 없었다. 두 팔을 벌려 하늘을 바라보며 하늘을 향해 환호를, 잉, 그러나 그곳은 하늘이 아니라 곰팡이가 군데군데 슨 천장이 아닌가. 하여간 그런 것을 따질 여유가 없었다.

내가 죽지 않자, 제일 처음 명선이가 기뻐서 출싹거렸으며, 덩달아 기뻐하는 삼식이, 그다음으로 엄마, 아버지, 형, 누나, 친구들, 선생님, 나아가 온 국민과 전 세계 인류, 저승사자까지 차례로 기뻐하며 환호하였다. 나는 모든 사람들의 기쁨이 계속되게 만들기 위해 서둘러야 했다. 평소 두 시간 이상 걸리던 읍내를 단숨에 — 시계가 없어서 잘 모르겠지만 — 하여간 총알처럼 달리고 달려 모자 가게 앞에 당도하였다.

모자 가게는 냄비나 솥단지, 양은 주전자 등을 때우는 땜장이 아저씨 가게 — 실은 노점상 — 옆에 있었다. 온갖 모자가 있을 거라 생각하고 유리문을 쳐다본 순간, 아니…, 실망했다. 가게 안에 있는 모자는 거의 다 아버지나 명구 아저씨가 쓰는 밀짚모자나 교장 선생님이 쓰는 중절모자, 일본 순사가 썼던 도리구지 등과 할아버지용 모자 몇 개밖에 없었다. 결국 나의 외모에 걸맞은 모자는 찾아볼 수가 없어 실망만 가득 안은 채 터덜터덜 모자 가게의 유리문을 벗어났다.

실망은 실망이고, 읍내에 나온 김에 땜장이 아저씨가 솥을 때우는 신기한 모습이나 구경할 참으로 모자에 대한 신경을 보류한 채 땜장이 아저씨 곁에 찰싹 붙어 앉았다.

사실 그 시기의 나는 뭔가에 골몰하였다가도 이내 다른 쪽으로 관심이 자주 바뀌기도 했다. 그것은 거센 비바람이 불던 하늘이 갑자기 맑게 개어 햇볕과 일사병을 던져 주고, 또다시 소낙비를 뿌리다가도 금방 개어 후덥지근한 더위를 주던 여름날의 날씨처럼 그랬다. 하느님도 그러니 나의 변덕만을 탓하지는 못할 것이다.

 땜장이 아저씨 곁에는 벌써 내 또래 아이들이 모여 초롱초롱한 눈길로 신기한 듯 아저씨가 하는 일을 구경하고 있었다. 아저씨는 맨 처음 구멍 난 솥단지를 나무 걸개에 밑동이 보이도록 엎어서 고정시킨 다음, 그을음이나 부식된 덩어리들을 사포나 얇은 줄칼로 하얗게 될 때까지 긁어냈다. 입김을 호호 불 때마다 공기를 타고 그을음과 부식 덩어리들이 아이들 틈으로 날아다녔고, 코를 문지르는 아이들의 코 가장자리는 콧수염을 기른 것같이 시커멓게 되었다. 그리고 누런 콧물을 빨아들일 때마다 그을음이 콧속을 통해 기관지로 타고 들어가 폐를 자극해 개중에는 기침을 하는 아이도 더러 있었다.

 그다음은 구멍을 좀 더 키운 후, 얇은 일자 드라이버나 송곳을 솥단지의 구멍 속으로 밀어 넣는다. 구멍 속으로 일자 드라이버가 빨려 들어가면서 나는 소리, 심장을 저밀 것 같은 찌이이이익… 소리. 그 순간 아이들 표정은 천차만별이었다. 귀를 막는 아이, 눈을 찡그리는 아이, 코를 벌름거리는 아이, 고개를 돌리는 아이. 그럼 아저씨는 아이들을 한 바퀴 휘 둘러보면서 더욱 득의에 차 드라이버를 구멍 속에 끼워 넣는다.

마지막으로 납덩어리를 구멍 사이즈에 맞게 밀어 넣고, 토닥토닥거리며 손질을 했다. 그 순간 나는 눈을 비볐다가 크게 치켜떴다. 바로 땜장이 아저씨가 쓰고 있는 모자 때문이었다.

'아니, 왜 이런 것을 미처 못 보았을까?'

조금 전까지만 해도 아이들과 함께 신기로움의 극치였던 솥단지 때우는 장면을 구경하고 있을 때, 나는 신기함의 또 다른 극치인 아저씨의 모자를 눈알이 빠져 달아날 듯 바라보았다.

우선 그 모자는 창이 없었다. 그냥 원형으로 양털 보료처럼 부풀어 있었으며, 머리와 닿는 부분은 적당하게 늘일 수 있도록 모자와 같은 색의 끈이 달려 있었다. 머릿속은 비어 있는 것처럼 앞과 옆이 짜부라져 있고, 상단에는 여섯 갈래의 바느질 자국이, 최고점에는 새의 깃털 모양으로 꼭지가 있었고, 색상은 구별하기 어렵게 변색되어 우중충하였다. 그런 모자는 내가 태어나서 처음 본 모자였다. 그리고 그런 모자와 땜장이 아저씨의 모습은 너무도 안 어울렸다. 개 발에 편자, 돼지 목에 진주 목걸이처럼, 솥단지를 걸머진 등과 머리의 모자는 조화를 이루지 못했다.

아주 오랫동안, 솥을 열 개도 더 때울 때까지, 상점을 거두고 아저씨가 자리를 떠날 때까지, 아저씨의 모자를, 사라지는 모자를, 아저씨와 모자가 석양 속으로 걸어가며 한 점이 되어 가는 마지막 모습까지도 아쉽게 바라보다가 아저씨와 모자가 완전히 사라진 후에 총알처럼 그렇게 빨리 뛰어갔던 길을 배로 느리게, 아니 그것에 또 배로 느리게 터덜터덜 집으로 돌아왔다.

허탈한 심정이 되어 온갖 것을 발길로 툭툭 건드리면서 대문에 들어서자 똥개가 하루 더 연장한 삶을 기뻐하는 건지, 멍멍 짖으며 나를 반겼다. 하지만 나는 풀이 죽어 저녁도 거른 채 벽에 걸어 둔 형의 모자, 땜장이의 모자, 아버지의 모자, 명구 아저씨의 모자…, 온 세상 모자에 눈까풀이 눌려서 깊은 수면 속으로 빠져들었다.

마당에 피워 놓은 모깃불의 연기가 하늘 높이 은색 실선을 만들며 하나의 소실점을 찾아 사라져 간 한여름 날, 세상 모든 모자가 나의 꿈속에 나타나 모자 세상을 만들면 좋지 않겠냐고 발악하는 통에, 그새 모기란 놈이 모자를 쓰고 나타나 모자를 쓴 모기인지, 모기를 쓴 모자인지 혼동시키며 나의 깊은 수면을 꼬집어 대 온 밤을 뒤척여야 했다. 나쁜 모기, 아니 나쁜 모자?

07 세발이 이발사

학교 — 무슨 학교인지는 밝히지 않겠다. 정부와 교육부의 발표를 좀 더 신중히 지켜본 후에 지칭하기로 하자 — 가는 길에는 살대가 숭숭 부스러져 철근이 나달거리고, 시멘트 더께마저 사람들의 발길에 휴지 쪼가리처럼 턱턱 뭉그러져 있는 위험천만한 교각이 큼지막하게 개울물을 중앙으로 해서 떠 있었다.

이 다리 위를 곡예 하듯 건너 개울을 지나면 삼각주 형태의 종착점終着이 나왔다. 종점에는 형이 다니던 중학교 입구가, 다시 왼편에는 당시 초등학교 — 초등학교로 부르게 될지도 모르지만 — 의 입구가 있었다.

그 사이, 개울 길과 문구점을 지나 서너 걸음 위치에 이발소 하나가 외토라져 하천 제방에 등을 대고 학교 정문을 문 입구로 하여 영업을 하는지 마는지, 손님이 있는지 없는지, 하여간 문을 닫는 일 없이 항시 반쯤 열어 놓고 손님을 맞고 있었다.

　이발소 주인은 다소 큰 키에 광대뼈가 툭 불거지고, 깡마른 체격에 목발을 짚은, 다소 몸이 불편한 사람이었다. 엉성한 자세로 손님 의자에 자신의 대나무 장목 같은 몸을 기대거나, 회벽에 등을 대고 손님의 머리를 깎아 주곤 하였다. 그는 불편한 다리 때문에 항상 목발을 쥐고 있었다. 그가 짚은 목발은 오동나무로 만든 외목발로, 아이들이 등하굣길에 이발소 앞길을 뛰어갈라치면 달음질치는 아이들을 향해 소리를 버럭 지르며, 외목발을 허공에 휘휘 저어 대고는 하였다.

　아이들이 뛰어다니는 발길에 생긴 먼지가 반쯤 열어 놓은 이발소 유리문 사이로 날아들기 때문이었다. 그래서 그 길은 발걸음을 달래 가며 걸어 다녀야 했다. 그러나 지각이라는 벌칙에 걸리지 않기 위해 아이들이 우르르 뛴다 해도 그 불편한 몸으로 애써 잡으려 들지는 않았다. 단지 위협만 줄 뿐이었다.

언젠가 형이 머리를 깎고 와서 ― 형은 머리를 자주 깎는 편이었다. 학교의 관습이기도 했지만, 깔끔한 성격 탓이기도 하였다 ― 그를 지칭해 '세빌리아 이발사'라 하였다.

"야, 그 세빌리아 이발사가 말이야…."

뒷말이 계속 이어졌지만 제대로 들을 수가 없었다. 아니 형의 첫말인 '세빌리아'라는 이국의 단어가 강하게 내 마음을 두드렸기 때문일 것이다.

굳이 뒷말을 유추해 보자면 이발사의 성질이 포악하다거나 친절하다거나 하는 관념적 불평이거나, 서비스가 형편없다거나 아니면 머리카락을 자르는 바리캉에 머리를 뜯겨 혼났다거나 하는 기술과 관념 외적인 포괄적 불평 같은, 나의 눈으로 확인되지 않는 사항이었을 것이다. 사실 그는 나에게 친절한, 포악한 같은 추상적인 단어를 떠올릴 만큼 나와, 아니 동네의 우리 또래, 혹은 또래의 위아래, 나아가 위아래의 또 위아래, 그 어느 누구와도 가까이 지내거나 왕래가 있는 사이가 아니었다. 그러기에 형의 불평은 형에게 해당되는 불만을 표출하는 불평일 뿐이었다. 그런 형의 불평은 타인을 배려하지 못하는 성격이었던 나의 관심을 유도하지 못하였다. 그는 머리카락을 자르는 일을 직업으로 하는 어른이고 나는 서리를 전업으로, 학교 공부를 부업으로 하는 아이지 않은가?

다만, 단지 생전 처음 들어보는 낯선 단어, 생각해 보면 신종 단어인 '세빌리아'인지 '세빌릴라'인지 그것만 염두에 둔 것이다. 하여간 '세' 자가 들어가는 낱말치고는 그렇게 '예쁨'으로 절실히 묘사되는 단어는 형이 말한 그 단어뿐이었다. '세상에', '세계에', '세월에', '세세히'의 '세'. 당시에 내가 아는 '세' 자가 들어가는 단어를 다 새김질하여도 '세빌리아'처럼 길거나, 예쁘거나, 경이롭게 보이는 단어는 처음이었다. 호기심 많은 나로서는 대단히 흥미로운 발견이었다. 또한 그 낱말이 외래어인지조차도 모를 당시였다.

"아니, 뭐? 세, 뭐라고?"
"세− 빌− 리− 아−."
"세. 발. 라. 아?"
"아니, 세빌리아."
"세빌라아."

아무리 형처럼 입 모양을 오므려 발음해 보아도 세빌리아가 제대로 발음되지 않았다. 몇 번의 시도 끝에 나는 무력감에 사로잡혔다. 한 깡통 가득 낭패감이 들어 우그러진 표정으로 '잘 안 돼!'라고 형에게 말했다.

"그럼, 이렇게 해 봐. 세, 발, 이 이발사를 계속해서 발음해 봐."

"세발이 이발사, 세발이 이발사, 세발이 이발사, 세발이 이발사, 세발이 이발사…세빌리아 이발사."
"그렇지, 세빌리아 이발사! 되잖아."

발음의 원리는 다음과 같았다. '세발이 이발사'에서 '이'와 '이'가 만나는 부분의 모음에 모음 '이'가 탈락하고, '발'의 받침인 'ㄹ'이 모음 쪽으로 이동해서 모음을 동화시키는가, 어쩐가? 아무튼 '세발이 이발사'를 계속해서 발음하다 보면 입 속에서 어느 틈에 '세빌리아 이발사'가 툭 튀어나오는 것이었다. 나의 발음에 고무되어 득의에 찬 어깨를 들먹이며 형의 설명은 계속되었다.

"세빌리아 이발사는 로시니의 오페라 중에서 걸작으로 손꼽히는 작품으로 모차르트의 〈피가로의 결혼〉, 베르디의 〈팔스타프〉와 함께 오페라…."

나는 그때 가슴팍을 한껏 부풀리며 자랑스럽게 떠벌리는 형의 입 모양을 쳐다보며 어쩌면 형은 정신 분열 증세가 있거나, 이미 정신이 분열되어 미쳐 가고 있는 중이라고 생각하였다. 형은 당시 중학교 3학년. 나는 겨우 열 살짜리 꼬마였다. 세빌리아도 제대로 발음하지 못해 쩔쩔매고 있는 마당에 오페라에다 모차르트와 베르디까지 주입시키려 하다니 그것은 온전한 정신을 가진 사람의 행동이 아니었다.

그러나 그가 왜 세빌리아 이발사가 되었는지는 확실하게 알아들을 수 있었다. 그것은 그가 오페라를 좋아한다거나, 오페라에 관해 해박한 지식이나 연관이 있어서 붙여진 이름이 아니라, 그의 다리가 세 개라는 데서 유래된 것이었다. 실질적으로 골반을 지탱하는 두 다리와 몸의 균형을 유지하기 위한 외목발. 그래서 합이 세 개, 세발이.

나는 모든 과목 중에서 산수를 제일 잘했다. 산수를 응용해서 시간을 분으로 나눌 줄도, 등식을 성립시킬 줄도 알았다. 성립된 등식이 엉터리가 되었든 간에 삼식이와 내 또래 친구들은 상상도 하지 못할 때였다. 특히 삼식이는 등식이 무슨 고기의 이름이라고 우겨 댔으며, 한술 더 떠서 등식이라는 고기를 계모와 기영이 몰래 친엄마와 함께 읍내에 있는 화정花亭 식당에서 먹어 보기까지 했다고 하였다.

어떤 경로로 삼식이가 수학 공식인 등식을 먹었는지와 관계없이, 오히려 이 대목은 등식하고도 전혀 상관없이, 수학의 기초라 할 수 있는 가감승제 단원 중 가加 과목을 응용한 2 + 1이었기에 자칭 타칭 산수의 천재인 내가 어찌 모르겠는가? 그래서 그 이발소의 주인은 내 머릿속의 기억 세포 사이에서 아주 오랫동안, 지금까지도 세빌리아 이발사로 남게 된 것이다. 오페라하고는 전혀 상관없이. 아니 오페라가 무엇인지, 그런 것이 음악하고 어떤 관계가 있는지조차도 몰랐다. 세빌리아를 발음하면서 혓바닥에 젖어 오는 느낌이 너무나 아름다운 꽃향기나, 엄마가 바르던 서양제 분가루같이 이국적인 냄새로 온통 향기로웠다.

오로지 그는 세발이라는 이유 때문에 나의 머릿속에 그것으로 파생된 세빌리아로 다가선 것이다. 만일 그가 양쪽 목발을 쥐어 네발이거나, 다섯 발, 혹은 정상으로 두 발이었다면 '네발이 이발사', '다섯발 이발사', '두 발 이발사'가 되었을 것이고, 그렇다면 그는 영원히 나의 기억 주머니에 없었을 것이다. 얼마나 아름답고 부르기 좋은가! '세빌리아 이발사'. 세상 어느 누가 이발사를 연상하면서 '세빌리아'를 떠올릴 수 있단 말인가. 그는 나에게 이렇게 다가왔고, 나는 그에게 나의 임의로 연상되는 이발사와 수학의 등식과 가감승제 등등의 농간으로 인해 다가갔다.

다가오고 다가갔다?

그것은 그가 나를 만지려 한다든지, 아니면 성질 더러운 에이즈를 무시하면서 동성同性끼리 사랑을 나눈다든지, 손짓으로 상대방을 부른다든지, 상대방의 생각을 유도한다는 뜻이 아니라, 그저 호기심 많은 나이에 호기심 많은 것으로 온 동네에서 한가락 하는 내가, 나의 호기심 주변에 세빌리아 아저씨를 근접한 시각에 두고 그의 일거수일투족을 내가 다른 것에 관심을 갖듯 채집하였다는 뜻이었다.

아름답고 향기로운 이름인 세빌리아로부터 시작된 관심과 호기심 때문에….

또 하나, 세빌리아 아저씨에게 관심을 가지게 된 다른 이유를 굳이 한

가지 더 들자면, 그도 나와 똑같이 일사병을 두려워해야 할 '참댕이' 머리통의 소유자라는 점도 양념으로 작용하였다.

세빌리아 아저씨의 머리카락도 인위적인지 자연적인지는 모르지만 눈썹을 기점으로 1~2cm 위부터 머리카락이 시작되어 정수리를 지나 목덜미까지, 양옆으로는 귀를 덮을까 말까 하는 곳까지, 기름기가 순진한 시냇물처럼 조르르 흐르면서 정말로 머리칼 속을 아교로 붙인 다음 다림질을 한 것처럼 정성스레 달라붙어 있었다. 그리고 언제나 햇볕에 반짝이는 것이었다.

그러나 내가 그와 구별될 수 있었던 것은, 멀리서 보면 인간의 키 차이는 거기서 거기였기에 키가 아니라 구부정하게 걷는 그의 몸, 세 개의 다리를 이용해서 느릿느릿 걷는 몸 때문이었다. 그래서 그는 반짝이는 머리통을 가지고도 명구 아저씨네 수박값 누명을 쓰지 않았는지 모른다.

그의 머리칼은 언제나 질 좋은 빗으로 차분하게 정돈되어 있었으며, 나의 머리카락처럼 진한 갈색이었다. 그의 머리카락도 햇빛을 받으면 명구 아저씨가 환장하는 최고의 화투장, 오동산 팔광처럼 반질반질거렸다. 그러나 그는 일사병을 두려워하지 않았다. 나는 그 점을 예의 주시하였다. 동병상련, 적어도 그의 주변에 일사병을 치유할 어떤 구체적인 길이 있는 것 같았다.

왜 일사병을 두려워하지 않지? 왜 삼식이처럼 머리통을 그냥 방치해 두는 걸까? 머리통도 그다지 크지 않은 것 같은데…. 그렇다면 어디 믿을 만한 구석이 있지 않을까?

뜨거운 태양 아래서 아이들을 향해 지팡이를 휘둘러 대는 그의 머리통 위로는 무모하다 싶을 정도의 햇볕이, 무모한 양의 일조량에 버금가도록 날을 세워 내리쬐고 있었다. 그러나 그는 빛을 차단할 아무런 행위도 하지 않은 채 참댕이 머리통을 그대로 태양에 노출시키며 자외선과 맞서고 있었다.

나는 선생님이 삼식이 할아버지의 묘에 갈 시간에 그에게 개인적으로, 인도적인 차원에서라도 일사병에 대하여 가르쳐 주길 진정으로 기원하였다. 태양이, 일사병이 얼마나 위험한 것인가를…. 나는 그가 일사병을 두려워하지 않는 이유에 대하여 계속 지켜보기로 하였다. 왜냐하면 같은 병을 앓는 두 명의 환자 중 새로운 처방이나 치료법을 한 사람에게 먼저 실행하여 부작용이나 의외의 상황이 발생하는 것을 관찰하였다가 전자의 환자에게서 발생된 자료를 근거로 부작용을 최소화하여 다음 환자를 치료하는 것과 같은 원리로, 굳이 내가 먼저 치료를 받아 위험을 자초할 이유가 없었다. 그래서 모자에 대한 관심을 조금 줄일 수 있었다.

아니 그것은 꼭 세빌리아 아저씨의 머리통을 기준으로 하여 줄였다기보다도 아버지의 압력과 설득, 회유가 결정적 원인이었다.

"모자?"

읍내에 다녀온 다음 날이었다. 모자를 사 달라는 요구에 아버지는 "아니, 이 복중에 웬 모자를?" 하시며 엉뚱하다는 표정이었다.

"아버지 일사병이…."
"쓸데없는 소리 말고 더우면, 냇가에서 미역이나 감아! 겨울이 오면 사 줄 테니. 살다 살다 별꼴을 다 보겠구먼. 이 더위에 모자를 사 달라니. 쯧쯧."

나의 눈에서 눈물이 찔끔거렸다. 그러더니 눈물이 빠른 속도로 땅 아래로 뚝뚝 떨어졌다. 아버지가 나에게 그토록 화내는 것을 처음 보았기 때문이었다.

"모자? 이젠 별걸 다 닮으려 하네. 허허."

허탈한 웃음을 흘리고는 뒤도 안 돌아보고 지게를 지고, 들로 나가는 것이었다.

아버지가 태양과 일사병 속에 날 버린다 말인가? 평소엔 안 그러셨는데….

명선이의 반응 또한 마찬가지였다. 내가 모자를 안 쓰면 어쩌면 죽을 수도 있다는 사실에 대해, 그저 수박 속에 포함된 수분을 많이 섭취하면 일사병을 예방할 수 있을지도 모른다며 계속해서 명구 아저씨네 수박밭에 기어들기만을 요구하였다.

염병할! 긴 머리를 나풀거리면서 내가 서리해 온 수박을 하루에 세 통씩 착실히 죽이고 있었다.

그렇지만 나는 모자에 대한 관심을 접어둘 수가 없었다. 목숨이 달려 있는 문제였기에 집요하게 물고 늘어졌다. 그런데 이때 나타난 세빌리아 아저씨의 머리통이 나에게 다소 위안을 주었고, 모자에 대한 관심을 줄일 수 있었던 것이다.

08 의문스런 이발사

　　이발소 위치로 세빌리아 아저씨의 가게는 적당하지 않았다. 근처가 사람들로 번잡하지 않았다. 오로지 논과 밭, 학교 뒤편으로는 머리카락하고는 단 한 푼어치의 상관도 없는 갈대만 무성한 야산이었다. 고작해야 형이 다니던 중학교와 내가 다니던 학교의 진입로와 학용품점이 냇물로는 조금 크다 싶은 하천에 둥둥 떠 있는 것처럼 이발소와 마주하고 있었다.

　　세빌리아 이발사 아저씨는 손님들에게 친절하지도 않았다. 오히려 손님들을 무시하고 쫓아내지 않는가? 우리도 마땅히 머리통이 있으며, 머리통이 있다면 머리카락도 있을 것이고, 그 머리카락이 고사병에 걸리지 않는 한 시간마다 자라날 것이기에 잘만 하면 아저씨 이발소의 고객이 될 수도 있었다. 그런데도 세빌리아 아저씨는 그 미천한 먼지와 소음 때문에 소중한 고객들을 향해 지팡이를 휘둘러 댔다.

　　사실 나는 아저씨의 이발소에 가 본 적이 없었다.

그 이유는 바리캉이 머리를 지날 때 기름기가 많아 자주 뜯기고 머리카락이 잘 잘리지도 않지만, 아무리 길어도 착 달라붙어 있는 내 머리카락의 길고 짧음을 쉽사리 구별 못 하는 엄마의 탓이기도 하였다.

또한 마을에는 사람들로 북적거리는 덕평 이발소가 세빌리아 아저씨의 이발소가 생기기 이전부터 성업 중이었기에, 그 덕평 이발소가 아버지의 단골 이발소인 까닭에, 그리고 또 명구 아버지가 주인인 데다, 가장 큰 이유는 면도사라 불리는 여자가 부드러운 손길로 머리를 감겨 주고, 그때마다 면도사의 젖가슴을 슬쩍 훔쳐볼 수 있는 보너스가 있기에. 그렇기에 쉰 밥풀에 벼 나락이 맺힐 정도라도 이발소를 이용할 일이 있으면 으레 덕평 이발소를 찾는 건 당연하였다.

이에 반해 세빌리아 이발소는 여자는커녕 아줌마, 아니 쭈그렁바가지 할머니조차도 없는 외톨이였다. 그는 이 지역 토박이가 아니라 이주민이었다. 아니 '민民'이 아니라 '인人'이었다. 민은 단체나 무리, 들, 여럿이거나 떼거지를 말하는데, 그는 단 하나였고, 그리고 보기에도 딱한 그 미천한 지팡이뿐이었다.

나이는 삼십 대 후반에서 사십 대 초반 정도로 부인이나 아이들, 심지어 똥개 한 마리도 그의 곁을 얼씬거리지 않았다. 아주 간혹 머리카락을 자르기 위해 찾아오는 손님 외에는 방문객이나 편지를 배달하는 우체부조차 드나드는 경우도 없이, 마치 국어 시간에 배운 키다리 아저씨처럼 아이들을 그 오동나무 지팡이로 쫓아내며 혼자서 살았다.

반대로 덕평 이발소는 늘 사람들로 북적거렸다. 장날이나 동네에 혼인이나 회갑 잔치가 있을 때면 으레 두세 시간은 기다려야 할 정도였다. 그러나 세빌리아 이발소는 덕평 이발소에서 기다리다가 지치면 울며 겨자 먹기 식으로 찾아가는, 말 그대로 덕평 이발소의 분점 같은 곳이었다.

형이 그날 세빌리아 이발소를 울며 겨자 먹으며 찾아간 것도 학교에서 매달 실시하는 용의 검사가 다음 날이었기 때문이었다. 마침 장날이라 붐비던 덕평 이발소에서 기다리다 지쳐 '오냐, 좋다. 겨자 한번 먹어 보자' 하는 심정으로 처음 가게 된 것이다.

시설 역시 엉망으로 세빌리아 이발소는 덕평 이발소처럼 웅장한 거울이나 화려한 입간판, 폭신폭신한 의자, 면도사, 아니 조금의 여유를 줘 그보다 질이 낮은 거울이나 간판이나 의자도 없이, 목 부분만 달랑 비치는 거울과 유리문 이쪽저쪽으로 붓으로 개발새발 대충하고도 안하무인으로 써 놓은 이발소라는 글자와 항상 걸치고 있는 흰색 가운과 봉창에 꽂혀 있는 이발용 가위와 살대가 절단 난 빗 몇 개, 창틈으로 비치는 허술한 개수대 정도가 이발소임을 말해 주는 유일한 것들이었다.

그래서 동네에서는 학교 앞에서 누군가 머리카락을 자르긴 자르는 모양인데, 그 사람의 실체에 대하여 아는 이가 별로, 아니 전무하였다. 덕평 이발소에서 그런 궁금증이 필요 없도록 한 것도 이유가 되었을 테지만, 워낙 뚱한 주인의 성격이 더 원인이 되었을 것이다. 나를 위시한 삼식이와 동네 사람들은 이발소 주인의 이름이 뭔지, 심지어 성조차 이가인지 김가인지, 중국 사람인지 일본 사람인지, 아니면 둘을 합해 만든 튀기인지, 나이가 몇인지, 말이나 귀는 제대로 작동하는지, 무엇을 먹고 무엇을 싸는지, 어떤 방법으로 싸는지…, 이발사에 관해서는 아무것도 모르는 채 동네 사람들의 관심 밖에 있었다. 그가 지팡이를 든 세발이 이발사라는 것만 유일하게 알고 있는 것이었다.

그렇게 의문투성이 세빌리아 아저씨를 명구 아버지가 수상한 사람이라며 지서에 신고를 하였으나, 수상한 사람이기를 바라는 덕평 이발소 명구 아버지의 바람을 간절하게 저버린 채 절룩절룩 동네를 지나 다시 학교 가는 길로 사라졌다.

형은 세빌리아 이발소가 덕평 이발소보다 기술도, 서비스도, 시설도 형편없지만 요금은 더 비싸다고 투덜거렸다. 내가 보아도 형의 잘생긴 두상을 엉성하게 망쳐 놓은 것 같았다. 그러나 이상하게 세빌리아 이발소는 망하지 않고 몇 년간을 꾸준히 버티고 있었다. 그래서 나는 세빌리아 아저씨가 텃밭에 키우는 상추, 쑥갓, 배추, 무 등의 야채만 먹고도 살 수 있는 채식 애호가가 아닌가 하는 생각이 들기도 하였다.

그의 텃밭에는 혼자 먹기에 많다 싶을 정도로 많은 양의 야채들이 빼

곡하게 심어져 있었다. 그가 그런 것들을 손질하는 모습을 여러 차례 본 적이 있었다. 땀을 찔끔찔끔 흘리며 한쪽 다리를 찌그러뜨리고 배추벌레처럼 꾸물꾸물 밭고랑 사이를 기어 다니는 모습을.

나는 그런 그의 모습과 세빌리아라는 이름이 잘 어울린다고 생각하였다. 물론 그의 부속물인 목발까지 포함해서 말이다.

그렇지만 세빌리아라는 이름은 그 가게를 둘러싸고 있는 흉물스러운 건물과는 안 어울렸다. 단지 배추벌레처럼 꾸물꾸물 기어 다니며 텃밭을 일구는 모습과 깡마르고 구부정한 상체와 외모, 특히 눈에서 세빌리아가 연상될 뿐이다. 그리고 흉흉한 가게 건물과 그가 입고 있는 가운에

꽂힌 이발용 기구는 끝말인 이발사와 비슷하였다.

   그의 눈은 매우 컸으며, 늘 그렁그렁한 물기로 촉촉이 젖어 있었다. 눈빛이 다소 우울하게 보였으며, 눈동자가 눈 표면보다 한 뼘이나 깊었다. 나의 머릿속에서 삼식이를 떠올릴 때면 언제나 더러운 콧물과 기계충의 부식된 머리통, 등의 혹처럼 기영이를 업고 있는 모습이 떠올랐다. 그래서 더러운 콧물은 삼식이의 상징, 기계충이 덕지덕지하여 부식된 빡빡이 머리통도 삼식이의 상징, 자라 혹처럼 등에 매달려 있는 기영이도 삼식이의 상징인 것처럼.

   아저씨가 목발을 쥐고 있는 모습을 보면 세빌리아라는 단어가 떠올랐고, 슬픈 듯한 얼굴만 스쳐도 세빌리아라는 단어가 연상되었으며, 약간 굽고 휜 등도 세빌리아라는 단어를 생각나게 했다. 딱히 이름을 몰랐던 나는 그의 그런 모습들을 보면서 어느새 세빌리아라는 이름으로 그를 내 마음속에 자리 잡게 만들었다.

   그것은 명구 아저씨가 내 머리통을 기억하는 원리와도 같으며, 이는 산수를 응용해 등식을 만들어 보면 알 수 있다.

   나는 조만간 삼식이를 꾀어내 세빌리아 아저씨를 가까이에서 보기 위해 세빌리아 이발소에 갈 마음을 먹었다. 그러고는 삼식이의 머리카락 길이를 계산해 보았다. 그러나 안간힘을 쓰며 삼식이의 머리카락을 떠올리려 해도 머리카락 대신에 머리통만, 그 빡빡머리에 쇠똥딱지가 덕지덕지한 기계충 자국만 눈앞에 어른거렸다. 그리고 그동안 삼식이의 머리카락을 한 번도 보지 못했다는 사실을 깨닫게 되었다. 놈은 분명히 대머리가 아닌데…. 그렇다면 기형아거나 머리카락이 없거나, 고사병 같은 것으로 머리카락이 모두 말라 버려 성장하지 않은 걸까?

왜 삼식이는 머리카락이 없었지?

허나 삼식이는 일사병 말고도 여러 가지 복잡한 병에 걸려 있다는 것으로 생각을 멈추어야 했다. 더 이상 생각했다가는 나의 머리카락도 성장을 멈추어 버릴 것같이 골이 지끈거렸기 때문이었다.

09 crazy 이발사

나는 세빌리아 아저씨를 아주 우연한 기회에 가까이에서 볼 수 있었다. 순전히 형의 모자로 기인한 사건 때문이다.

여름 방학 중이던 어느 날이었다.

형이 온 세상의 먼지란 먼지는 다 뒤집어쓴 듯 먼지투성이 인간이 되어 마당에 들어섰다. 식식거리며 펌프장으로 성큼 달려가 푸푸 소리를 내며 세수를 하면서 옷가지에 묻어 있던 흙먼지를 탁탁 털어 냈다. 무엇이 못마땅한지 양 볼따구가 벌게져 연신 골을 부렸다. 마침 저녁 무렵이라 어머니가 평상에 밥상을 차리고 있었다. 평상 위로 엉덩이를 슬며시 들이밀면서 형은 이상한 말을 던졌다. 잉글리시를.

"크레이지야!"
"구레이지야? 그게 무슨 말이냐?"

 엄마가 국그릇에서 모락모락 피어오르는 수증기를 피하며 심히 걱정스럽다는 듯 되물었다. 형은 퉁퉁 부은 입술을 연신 씰룩거리며 말했다.

 "세빌리아! 그놈은 크레이지야! 미친놈이란 뜻이야. 아니 그놈은 미쳤어. 그놈이 또 내 모자를 빼앗아갔어."
 "또 모자를 잃어버렸니?
 "네. 크레이지에 여러 가지 뜻이 있지만, 그놈은 확실히 미쳤어!"
 "무슨 뜻이 있는데?"

 내가 끼어들었다.

"크레이지는 열정적인, 광란에, 또 사이코라는 뜻이 있어. 비만 오면 뭐라고 중얼거리며 돌아다니는 걸 보면, 세빌리아 그놈은 확실하게 미쳤어."

형이 단호한 어투로 세빌리아 아저씨를 또다시 미친놈이라고 쏜살같이 퍼부었다.

"너희들이 먼저 돌을 던지거나 야유를 했겠지?"

잠자코 있던 아버지가 슬며시 끼어들었다.

"그건 제가 한 일이 아니어요."
"누가 했던지 너희들 중에 먼저 그 친구를 화나게 했을 게다. 가서 사과하고 모자를 찾아오너라."
"싫어요. 모자를 다시 사주세요. 모자는 절대 찾으러 가지 않을 거예요. 나는 그런 미친놈한테 사과하고 싶은 생각 없어요. 아버지가 몰라서 그래요. 그놈은 정말 크레이지한 놈이란 말예요!"

형이 다시 크레이지에 힘을 주며 목소리를 높였다.

나는 생소한 단어인 크레이지와 이발사를 한데 묶어 보았다. '크레이지 이발사'. 크레이지 이발사는 '세빌리아 이발사'보다 아름답지 않았다.

다시 '광란의 이발사'와 '열정적인 이발사'를 묶고 있을 즈음, 형과 아버지의 대화 속으로 엄마의 목소리가 소낙비처럼 밀려들었다.

"구레이주? 미친놈? 안 되겠구나. 대성이가 형 대신 모자를 찾아오너라."
"그래 대성이가 다녀오너라."

엄마의 말끝에 아버지가 나의 결정을 재촉하며 말씀하셨다. 하지만 나는 대꾸할 수 없었다. 머릿속에서 생소한 단어인 '사이코 이발사'가 다시 묶이고 있었기 때문이다. 입으로 무슨 말이든 뱉어 내면 신종 단어들이 어디론가 증발할 것만 같아 말을 할 수가 없었다. 다시 말해 머리에서 크레이지나 사이코를 기억하기 위해 입 속으로 다른 말을 중얼거릴 수가 없었다. 대신 고개를 주억거렸다.

형이 나의 태도를 주시하다가 몹시 화가 난 듯 아버지를 향해 소리쳤다.

"안 돼요. 대성이를 그놈에게, 그 미친놈에게 보낼 수는 없어요. 비가 올지도 몰라요. 비가 오면 놈은 또다시 발광할지도 몰라요."

그때 하늘에서는 더운 바람과 함께 산자락으로부터 먹구름이 무지개 띠를 만들며 몰려오고 있었다. 솜처럼 무거운 공기들이 습기를 가득 물고 평상 근처로 서서히 영역을 넓혀 갔다.

"그만해라. 멀쩡한 사람한테 왜 미친놈이라고 해. 네 눈으로 정확하게 본 것만 말해!"

아버지가 버럭 화를 내자 형의 대항은 한순간에 흐지부지해졌다. 다만 숟가락을 집어 던지고 울먹거리는 것으로 시종일관 아버지의 화를 부채질할 뿐이었다.

"이놈의 자슥이, 밥상머리에 앉아서…."
"…."

순간 아버지의 두툼한 손바닥이 형의 잘난 머리통을 쥐어박았다.

"어서 숟가락 못 들겠니?"

형은 억울한 듯, 찡그린 얼굴로 숟가락을 입으로 가져가며 나의 얼굴을 힐끔거렸다.

"아부지, 지가 갈게요."

형은 여름 방학 중에도 공부를 하러 학교에 다녔다. 형이 나처럼 여름이라 낮에는 멱 감고 밤에는 서리 다니느라 학업을 게을리해서 지진아 그룹에 속해서 그런 것이 아니라, 공부 잘하기로 소문난 형은 조금 있으면 상급 학교의 입학시험을 앞두고 있기 때문이었다.

　보충 수업이 끝나고 집에 돌아오는 하굣길에 세빌리아 아저씨가 휘두른 지팡이로 학교 진입로를 벗어날 즈음 모자를 잃어버렸던 것이다. 허나 형은 모자를 찾으러 가지 않겠노라고 끝까지 고집을 부렸다. 그렇다면 엄마나 아버지가 가야 하는데, 엄마나 아버지는 왜 나에게 형의 모자를 찾아오라고 했을까?

　이유는 간단했다.

　자신들보다 나이 어린, 그것도 정신없기로 소문난 세빌리아 아저씨에게 사과한다는 것이 뭐했기 때문일 것이다. 그것도 아니라면 미친놈을 상대하기에는 미치지 않는 자신들이 미친 것으로 간주하는 많은 부분들 때문에 불편한 대우를 받을 것이 두려웠던 것이다. 해서 미친, 그러나 미친 사람의 관점에서 보거나 나의 관점에서 보면 미친 짓을 미친 것이라 생각하지 않을 수도 있는, 즉 호기심으로 한몫하는 나를 보내기로 작정했던 것이다.

　세빌리아 아저씨의 이발소로 가기 위해서는 동네 중간으로 미친년 머리카락처럼 정신 산만하게 곡선, 직선으로 뻗어 있는 길을 거쳐야 했다. 다시 미친년 엉덩이처럼 펑퍼짐한 원형 길을 벗어나 가로수 길을 한참 동안 거쳐야 했다. 도합 스물아홉 개의 가로수가 약 이십여 미터 간격으로 뻗어 있고, 그 가로수에는 명구와 삼식이의 얼굴 면적을 합한 것보다도 넓은 이파리가 매달려 있었다. 그늘을 만들어 주고 종달새가 가끔 쉬어 가는 가로수길.

낮 동안 그 길은 오가는 우리들의 우렁찬 재잘거림에 가로수들은 귀가 헐 지경이었다. 학교 선생님들의 연애담, 소사 아저씨의 험담, 같은 반 아이들의 한결같은 삼식이의 빡빡 머리통에 관한 이야기, 엄마 아버지가 밥상에 앉아 흘렸던 동네의 이러저러한 풍문에 대해 우리 나름대로의 가치관으로 재조명해 가며 벌이는 끝없는 논쟁들, 살랑거리는 바람을 타고 전해 오는 중학생 형들의 풋사랑 이야기 등은 가로수 길을 오가며 나누는 우리들의 진지한 이야기였다.

그러나 한밤이 되면 가로수 길은 침묵에 휩싸였다. 다람쥐, 떼새, 부엉이, 매미 등 소리내기로 한평생을 살아야 하는 모든 물상들조차 가로수 길의 침묵을 깨트리지 못하고 자신들의 소요보다 더 큰 침묵에 동화되었다.

산자락에 눈곱마냥 잔뜩 끼어 있던 먹구름이 나의 시야에서 눈곱과 눈알로 구분하기 힘들 만치 어둑해질 즈음, 나는 집 앞의 가로수 네 그루를 지났다.

주머니 속의 유리구슬을 만지작거리며 가로수 두 그루를 더 지나자

산자락의 눈곱들은 어느새 미천한 빗방울이 되어 떨어지기 시작하였다. 보슬비를 맞으며 타박타박 걷는 기분이란 좀 색다르게 상련하고, 좀 더 야릇한 감흥이 있었다. 동네 모든 길은 눈을 감고도 어느 곳이라도 찾아 갈 수 있을 만큼 익숙한 길이었다. 그러나 만에 하나라는 말이 있지 않던가. 더욱이 눈을 감아야 할 필요가 없었던지라 눈을 반짝 뜬 상태로 세빌리아 아저씨의 이발소를 찾아 나섰다. 하지만 비가 오기 시작해서인지 가로수 길에는 동네 똥개 몇 마리만 서성일 뿐 마을 사람들은 한 명도 볼 수가 없었다. 나 이전에 먼저 가로수 길을 거쳐 간 몹쓸 유령이 있어 모두 휩쓸어간 듯 한산했다.

나는 주위가 어두워져 간다는 사실보다 가로수 길에서 배어 나오는 수상한 환경과 인적이 전무하다는 사실에 점점 불안을 느끼며 걷기 시작하였다.

가로수 길옆 논둑에서 들리는 개구리 울음소리가 가득 돋아난 나의 신경에 못질을 가했다.

개골, 개골, 개골…, 개 개골…, 개 개 개 개골…. 비가 오니 더욱 개 개 개 개 개… 골 골 골 골 골….

개구리들의 합창 소리에 맞춰 나의 불안이 잠시 혼란스러웠다. 툭툭 발길에 채는 돌멩이를 들어 힘껏 논으로 날려 보지만 잠시 잠잠하다가

재차 개 개 개 개 개, 골 골 골 골 골 더욱 세차게 울어 댔다. 더럭 신경질이 올라서 큰 돌멩이를 집어서 힘껏 논둑으로 계속 날렸다. 하지만 개구리 울음소리는 더욱 그악해졌다.

개 개 개 개 개…, 골 골 골 골 골….

개구리 울음소리는 화가 나기 시작한 나를 비웃으며 분별없이 더욱 크게 울어 젖혔다. 나는 소란스러운 개구리 울음소리를 피해 제풀에 지친 망아지처럼 씩씩 가로수 길을 힘차게 내달렸다.

여름을 수식하는 온화한 어둠이 나의 어깨에서 가로수들을 점점 아득하게 만들었다. 한참을 달음질친 후 잠시 서서 깊은숨을 몰아쉬며 주위를 살펴보자 덕평 이발소와 쌀가게가 어느새 어두운 시야 뒤편으로 아드막히 밀려나 있었다. 칠흑 같은 어둠 속에 오직 희끗한 가로수와 흐느적거리는 산등성이 모습뿐 나는 완전히 동네 밖으로 퉁겨진 채 외톨박이가 되어 있었다.

일단 심호흡으로 마음을 다듬은 다음, 구차한 고독감과 무형을 지시하는 시야의 공명감에 휩싸여 재차 걸음을 옮겼다. 여전히 사람은 만날 수 없었다. 다만 무한대의 적막한 대로 위로 마지막 남은 여섯 그루의 가로수가 어두운 시야 속으로 유령처럼 몸을 부풀리며 희롱하듯 이파리를 흔들어 댔다. 흔들리는 가로수 이파리가, 개구리 울음소리가, 하천

물결의 기포 터지는 소리가 나의 마음을 더욱 심란하게 만들었다.

가히 정신 연령 이하의 두려움에 떨며, 가히 위험천만한 정신 상태로 달음질쳐, 모든 가로수를 제치고 보무步武도 당당하게 곡선 길에 이르러 상하좌우를 둘러보았다. 어느새 잠시 흔적이나마 존재하였던 인가의 희미한 불빛조차 사라진 길이었다.

어느덧 암흑천지에 나 홀로 외토라져 혀처럼 사용하던 눈깔에 삼식이의 돌머리 같은 이질감이 잔뜩 끼어들었다.

대개 어떠한 어둠 속이라도 오른팔을 뻗으면 오른팔이 보여야 함에도 오른팔보다 더욱 무겁고 칙칙한 검은 공기들이 시야에 수포水泡 막을 형성시키며 무형無形을 지시할 뿐이었다. 머리칼을 서늘하게 만드는 여름밤의 바람은 가끔 목덜미의 핏줄기를 훑고 갔다. 그 밖에도 도무지 지각할 수 없는 수상한 감촉들은 나를 계속해서 유린하였다. 나는 전의를 상실한 패잔병처럼 너털너털 교각 위를 지났다. 발밑, 교각 아래로부터 빗방울에 자지러지는 물소리는 속이 텅텅 비어 골이 텅텅 빈 내 머릿속을 더욱 아득하게 만들었다. 그래서 자꾸만 머릿속이 멍해지는 것이었다.

새삼 주위를 훑어보았다. 그러나 어떠한 물상조차 사물私物화되지 않았다. 다만 횡액으로 무장한 도발적 어둠의 공기만이 가득하였다.

'그놈은 미친놈이라니까!'

검은 어둠 속을 겹겹이 뚫고 들려오는 다소 표독스런 형의 목소리, 나는 엉겁결에 형의 목소리를 떨쳐 내고자 손안의 유리구슬을 세차게 흔들었다. 동시에 발길로 아무것이나 걷어찼다. 순간, 어느 틈에 나타났는지 모를 도둑고양이 한 마리가 '야옹' 하며 겁질리는 듯한 울음소리를 내며 발길에 스쳤다.

나의 몸은 본능적으로 움츠러들었다. 젖어 있던 공포가 마른 솜을 타고 스며들 듯 오싹하는 소름이 전신으로 빠르게 퍼져 나갔다. 심장이 두근거렸다. 손에서는 식은땀이 포옥 흘러나왔고, 불안의 깊이만큼 마구 주물러 댔던 유리구슬이 마치 불안한 공기들처럼 손아귀 사이에서 더욱 미끄럽게 맴돌았다. 두근거리기에 눈을 감아야 할지, 불안하기에 눈을 떠야 할지 어중간한 상태로 우선 천천히 주위를 주시하여 보았다. 고양이의 자취는 온데간데없었다. 대신 내가 지나온 뒤편으로 가로수 한 그루가 온 가지를 활짝 펼쳐 나를 자신의 영역 안으로 집어삼킬 듯이 발악하고 있었다.

'그놈은 크레이지야! 미친놈이야!'

가로수 이파리들은 수차 형의 목소리를 생성시키고, 그 덕에 팽팽해진 나의 신경줄이 나풀거리는 바람을 타고 끊어질 듯 곡예를 연출하였다. 마음의 소요를 진정시키기 위해 안간힘을 썼으나 풀썩 주저앉고 싶은 충동이 소요의 한가운데서 나를 유혹하였다.

주저앉을까, 말까? 바닥을 훑어보며 주저앉으면 바지가 젖는다는 사실이 상기되어 나를 잠시 허공에 서 있게 만들었다. 휴….

아직 교각 위를 벗어나지 않은 상태로 더 이상 이발소 쪽으로 접근할까 말까, 하는 고민을 하며 촉촉해진 손바닥을 주머니 바깥으로 꺼내 바지춤에 닦아 냈다. 어느새 머리 위의 눈곱들은 다소 굵은 빗방울이 되어 떨어지기 시작하였다. 온 사방을 훑어보아도 칠흑 같은 어둠으로 2~3m 전방의 사물조차 가시可視거리라는 촉수에서 이탈한 채, 오로지 무기력하게 숨죽인 미지의 형체를 연상시키며 무언의 마수를 뻗어 왔다.

'그놈은 크레이지야!'

하천을 토닥이는 빗방울 소리가 형의 목소리로 첨벙거렸다. 하지만 나는 습관적으로 발걸음을 이발소 쪽으로 옮겼다. 학교 가는 길이었기에…. 그래서 형의 목소리는 허공 같은 나의 머릿속으로 차츰 세기를 더하여 쏟아졌다.

'미친놈! 크레이지! 사이코!'

교각을 벗어나 이발소가 가까워질수록 형의 목소리는 귓전에서 떠나지 않고 계속해서 세빌리아 아저씨를 미친놈이라고 떠들어 댔다. 목소리로부터 멀어지려면 달려야 했다. 그래서 달렸는데, 달리고 보니 어느새 다리를 완전히 벗어나 버렸다.

왼쪽으로 돌자 멀리 희끄무레한 학교 담과 상대적으로 진한 어둠의 길이 희미한 시야 속으로 고속도로처럼 빠르게 전개되었다. 이제 이발소까지는 직선으로 곧게 걸어가기만 하면 되었다.

나는 다시 바지 주머니의 유리구슬을 떨리는 심장의 크기만큼 딸그락거리며 곧은길로 들어섰다.

심호흡 한 번. 심호흡 두 번. 심호흡 세 번. 미친 듯 벌렁거리는 심장들.

고요한 밤과 무겁고 칙칙한 공기에 짓눌려 경악하는 정적에 사무쳐 있는 밤. 빗방울이 흘리는 기이한 냄새들. 지독하게 두렵기만 하고자 발버둥 치는 무한정의 고요들.

만약 아기 예수가 이런 식의 고요한 밤에 태어났다면 절대로 교인들의 입에서 고요한 밤을 거룩한 밤이라 축복하지 않았을 것이다. 이 정도 고요라면 아기 예수는 틀림없이 경기를 일으켰을 것이고, 아기의 경기는 두뇌 성장에 지대한 악영향을 끼칠 것이므로 예수는 청년 시절에 이를 때까지 세상을 보는 관점이 미진했을 것이다.

해서 그의 인생은 다만 성인成人인 성인으로 끝났을지도 모른다. 현재처럼 추앙받는 성인聖人이 아닌 약간 모자라는 성인成人으로….

마음속으로 예수의 생애를 거듭 연상하자 나의 머릿속에서는 뜻밖에 '모든 신은 평등하다'고 외치며 부처님이 나타났으며, 이런 잡념에 편승하여 모든 잡신들이 모여들기 시작하였다.

도와주소서, 하느님. 도움을 주소서, 부처님. 삼신 할머니, 사신 할아버지, 오신 몽달귀신, 육신 달걀귀신, 칠신 닭대가리 귀신이여, 부디 저를 도와주소서….

과연 신은 신이었다. 절대 고무신이 아니었던 것이다. 거듭 신들을 애타게 부르짖자 고요 속 두려움의 반란은 잠시 주춤하였다. 적막 외에는 아무런 이유도 댈 수 없는 휴유지休有地처럼 여름날 냉기로 한산한 학교 담장 길. 그 길을 걷기 위해서도 신은 필요했다. 헌데 길을 걷자면 실제로 신은 필요한 것이 아닌가? 하니 굳이 신神을 신足으로서 정의하지는 말자고 모든 신 ― 神과 足 ― 들에게 종용하였다.

나는 신들의 감시와 보호 속에 학교 담장 길로 쭉쭉 달려 나갔다. 신神이 보호해 주었으니 마음도, 신足이 보호해 주었으니 발바닥도 편안했다.

어둠이 눅눅거려서 시야는 약간 아드막하였으나 비에 젖은 여름 토사에 야릇하게 스며든 냄새가 다소 향기로운 느낌으로 코끝에 스며들었다. 그러자 이상하리만큼 온화한 기분이 담장 길을 감돌며 형의 말소리가 잦아들었다. 이제까지 걸어오던 길의 불안은 훈훈한 공기 속에서 차츰 희석되어 본질을 잃어갔으며, 발길은 융단 위를 걷는 것처럼 폭신거렸다. 심장 역시 묘한 흥분 상태로 어둠에서 전해 오는 아늑함이 머리를 다소 쾌청하게 만들었다.

적당히 쏟아지는 빗방울과 수상한 부연에 대한 어떠한 감촉도 없이 간질러 대기에 다른 의도는 손톱만큼도 없는 바람이 나의 발자국으로 한 보 한 보 무수한 향기처럼 서늘하게 피어났다. 마치 구름 위를 걷기에 지루할까 염려하여 들려오는 여름날의 자잘한 소음들. 부엉이 소리, 멧새의 떼작거리는 울음, 돌멩이를 두려워하지 않는 개구리의 우렁찬 울음소리, 톡톡 떨어지는 빗방울의 눈치를 살피며 숨죽인 채 흔들리는 갈대 소리….

그렇게 꿈결 같은 세상의 모든 작은 사리事理의 소음에 휩싸여 오십여 보를 걸어가고 있을 때, 나의 모든 기분을 온통 뒤죽박죽 똥 반죽으로 뒤바꾸어 놓기에 충분하고도 서넛 이상은 남아돌아 대기석에서 차례를 기다리고 있는 무지막지한 소음이 자멸할 듯 울려 퍼졌다.

꽝! 꽝! 우르릉 꽝! 꽝!

번갯불과 함께 천둥소리가 요란하더니 금세 하늘에서는 장대비가 쏟아져 내렸다. 나는 문방구 처마 밑으로 빠르게 뛰어가 비를 피해 숨어들었다.

'미친놈, 미친놈, 세빌리아는 미친놈!'

또다시 형의 성난 목소리가 천둥소리마냥 커지는가 싶었다. 그와 동시에 사람의 목소리가 분명한 어떤 소리가, 중얼거림이 들려왔다. 흡사 불경을 읊어 대는 듯한 자글자글한 소음이.

"중공군이… 고사이… 만나지만… 아름다운 그림이… 멀리서 울리기는… 지끔가다… 그림처럼…."

누군가 어둠 속에서 쉼 없이 중얼거렸다.

청각의 모든 신경계 속으로 끝없이 이어지는 괴상한 목소리. 하지만 미처 중얼거림의 진원지를 파악하기도 전에 또다시 꽝, 꽝! 천둥소리가 귓전으로 파고들어 그동안 심장 속에 가득 내재하였던 불안이 순식간에 하나로 똘똘 뭉쳐 핏줄기 사이를 사정없이 돌아쳤다. 심장이 두근거리기 시작하였다. 두근두근 두근두근, 합이 여덟 근. 다시 두 근 더해 열 근. 열두 근, 열네 근…. 점점 하나의 소실점을 향해 '두근'과 '거림'의 무게와 속도가 기하급수적으로 상승하였다.

"중공군이 고사이… 만나지만… 아름다운 그림이 멀리서 울리기는… 지끔가다… 그림처럼….."

우물우물 같은 목소리의 반복.

누굴까? 누가 이 빗속에서 미친놈처럼 중얼거리고 있을까? 혹시 형의 말처럼 세빌리아 아저씨인가?

벌써 몇백 근으로 늘어나기 시작한 두근거림이 좀체 처마 밑을 떠나지 못하게 만들었다. 단지 너무 빠른 속도로 달려 자신의 체력을 턱없이 소진하여 탈진한 주자처럼 헉헉 마른 숨을 고르기에 정신이 없었다.

그때였다. 이발소 문이 벌컥 열리면서 어둠 속으로 하나의 물상이 나의 시야 속으로 뛰어들었다.

자세히 보니 지팡이를 쥐고 비틀거리는 사람은 바로 세빌리아 아저씨였다. 어둠 속에서 비틀거리는 그의 뒷모습을 보는 순간, 전신에 식은땀이 촉촉이 스며 나왔다.

'세빌리아는 미친놈이야!'

형의 목소리가 재차 처마 끄트머리에 고인 빗물처럼 와르르 쏟아져 나의 심장으로 내리꽂혔다.

형의 말처럼 세빌리아 아저씨는 미쳤는가?
천 근, 천두 근, 천네 근, 천여섯 근….

"중공군이… 고사이… 만나지만… 아름다운 그림이 멀리서… 지끔가다… 그림처럼…."

거칠게 쏟아지는 빗속에서 위태롭기 그지없이 우중충한 아저씨의 자세. 맞바람에 몇백 년의 세월을 휘달군 흉흉한 고목처럼 버티고 서서 게걸게걸 중얼거리던 세빌리아 아저씨는 서서히 발길을 옮기기 시작하였다.

내가 걸어온 반대편, 그러니까 자신의 텃밭을 향해 벌레가 기어가듯 느릿느릿 걸어갔다.

아저씨가 나의 시야에서 차츰 멀어지자 오기에 가까운 용기가 불쑥 생겨나 아저씨의 뒤를 천천히 쫓았다. 턱! 텃밭은 고여 있던 빗물로 질척거렸고, 아저씨는 자신의 바짓가랑이에 진흙이 튈 것이라는 일말의 걱정도 없이 텃밭으로 들어서서는 고랑창을 질퍽질퍽 벗어났다.

희뿌연 안개로 덮여 있는 하천을 향하여 한결같이 무거워 보이는 오십여 보를 힘겹게 떼어 놓았다. 텃밭의 무성한 채소들이 때아닌 불청객의 발길에 뿌리째 이지러지며 짓밟혔다. 숭숭, 아저씨가 밟고 지나간 텃밭의 돋움 자리는 채소 대신 아저씨의 뿔밤송이 같은 족적만이 선연하였다.

그러나 아저씨는 괘념치 않고 채소밭을 엉망으로 만들며 앞으로 나아갔다. 빗물에 쑥대궁처럼 온통 젖어 버린 세빌리아 아저씨의 푸르스름한 뒷모습. 가늘고 여린 등허리를 타고 흐르는 빗물에 간간이 젖어 드는 형의 목소리.

'크레이지야, 사이코야!', '머저리 같은 놈!', '놈은 완전히 미쳤어!' 'ㅇㅇㅇㅇ…'

나는 미친 듯이 고개를 흔들며 형의 목소리를 떨쳐 버리기 위해 안간힘을 썼다. 이제 조금만 더 나아가면 퍼런 어둠이 넘실대는 하천이었다. 나는 미처 텃밭으로 들어설 용기가 없어 먼발치에서 아저씨의 다음 행동을 살폈다.

아저씨가 과연 하천 제방까지 올라갈 것인가. 만약 넘실대는 거친 물살로 위태로운 제방에 올라선다면 어떻게 할 것인가. 그러나 미처 다음을 생각할 틈조차 주지 않고 아저씨는 철퍼덕 제방으로 기어올랐다. 이제 한 보 정도만 전진하면 물살이 아저씨를 삼켜 버리는 형상이 되어 버릴 것이다.

제방 위 아저씨의 몸통이 중심을 망각한 채 흔들흔들, 마치 규칙적으로 움직이는 시소처럼 자울거렸다. 아저씨의 바로 앞은 거친 물살이 용솟는 하천이었다.

아저씨의 몸이 계속 흔들거렸다. '흔'에는 하천 쪽으로 아저씨의 몸통이 반쯤 기울어지고, '들'에는 텃밭 쪽으로 반쯤 밀려나는 아슬아슬한 곡예의 연속이었다. 지켜보고 있는 나의 심장도 '흔' 하면 잔뜩 오그라들었다가 '들'이 시작되면 다소 안도하는, 규칙적인 불안들이 전신을 얼어붙게 했다.

나는 여전히 꼼짝할 수 없었다. 다시 '흔'이 시작되고 나의 심장이 가득 오그라들려고 할 때, 또 한 번의 천둥이 아슬아슬하게 하천으로 낙하하기 일보 직전인 아저씨의 어깨로부터 밀려 나왔다.

꽝! 꽝!

순간 세빌리아 아저씨가 제방에 장승처럼 우뚝 서서 하늘에 대고 소리쳤다.

"그림이다. … 하늘이…."

처음에는 제대로 들었으나 이후 소리치는 것은 천둥소리에 섞여 제대로 들을 수가 없었다.

"우와아!"

목이 터질 듯 소리치는 아저씨. 하늘이 아저씨의 목소리를 담아 소리소리, 즉 고래고래, 고래보다 더 큰소리로 되받아쳤다. 아저씨의 목소리는 무력해지고 더욱 무력해진 아저씨가 고개를 떨구며, 또다시 중얼거리기 시작하였다.

"종래에 그림이… 너무나… 중공군… 총을 쓴고…."

문맥뿐 아니라 단어가 되지 않는 말들을 빗속에서 쉬지 않고 중얼거렸다. 나와 거리를 두고 있기도 했지만 정작 가까이 있었다 하더라도 한마디도 제대로 알아들을 수 없는 해괴한 말들이었다. 세빌리아 아저씨가 중얼거리는 사이 또다시 하늘은 섬광 같은 번개의 칼날에 맞아 반쪽으로 갈라지면서 우레와 같은 소리를 질러 세상을 경악시켰다.

"꽈―아 쾅!"

세빌리아 아저씨는 '번쩍' 하는 섬광에 고개를 치켜들더니 섬광 빛을 향해 발악을 하였다. 두 손에 지팡이를 꼭 움켜쥔 채 하늘을 향해 마치 물속을 휘젓듯 허우적거렸다.

"그림이다. 중공군이 그림이다. 따따따따… 따따따따…."

그런 자세로 두세 차례. 지팡이를 쥔 손목이 다소 힘겨워지는가 싶더니 갑자기 제방 위로 털썩 고꾸라졌다. 그러고는 이내 잠잠, 고요함이 잦아들었다. 떨어지는 빗줄기도, 번쩍번쩍하는 섬광도, 휘몰아치는 매서운 바람도, 한결같이 조용하기로 약속한 듯 아무 소리도 내지 않았다. 세상은 모두 침묵하였고 나의 목젖엔 타는 듯한 갈증이 치받았다.

긴장감이 완곡하게 주변 물상들을 경직시켰다. 옅은 빗줄기가 계속되었다.

얼마 동안 누워 있던 아저씨가 상체를 서서히 일으켜 세우며 흐느끼기 시작했다. 어리고 유약한 맹수의 새끼처럼 오돌오돌 떨면서, 기영이가 엄마의 젖을 찾아 보채듯이 고개를 떨군 채 흐느꼈다. 빗줄기는 그칠 줄 모르고 하염없이 그의 어깨와 머리와 가슴, 등으로 떨어져 내렸다.

흐느낌은 어느새 커다란 통곡이 되었다. 나는 그런 그가 너무나 불쌍해서 따뜻한 손길로 어루만져 주고 싶은 충동이 일어났다. 그러나 그것은 생각뿐. 여전히 주머니 속의 유리구슬만 만지작거리고 있었다. 도무지 발길이 떨어지지 않았다. 그가 두려운 존재이거나, 두려움을 유발하는 '사이코'라는 원인균의 균체이거나, 분열과 정신 이상을 합한 '정신분열자'라는 생각은 아주 오래전에 사라져 버렸다. 오히려 나와는 상대조차 되지 않는 기영이 정도의 갓난아기로 보였다. 그런데 발길은 도무지 떨어지지 않았다. 텃밭으로 들어가서 아저씨에게 다가섰다가는 영원히 빠져나올 수 없는 수렁 속에 갇힐 것 같은 이상한 예감 때문이었다.

모든 풍경이 잠시 침묵 속으로 침전되고 있을 때 하천으로부터 이는 바람이 나의 머리를 환기시켰다. 그러자 그동안 잊고 있었던 모자가 생각났다. 나는 이발소의 미닫이문을 열고 안으로 들어가 사방 벽을 더듬어 모서리에 걸린 형의 모자를 찾아 들고는 급히 빠져나왔다. 그러고는 얼얼한 정신 상태로 이발소 골목을 천천히 걸어 나왔다.

간헐적으로 아저씨의 흐느끼는 울음소리가 등 뒤로부터 나를 휘감아 발걸음을 주춤하게 만들었다. 문득 아저씨의 안위가 걱정스러워 돌아보고 싶은 욕망이 일었으나 다리에 이를 때까지 뒤돌아볼 수 없었다. 빗속에서 울고 있는 아저씨를 위해 나는 아무것도 해 줄 수가 없기 때문이었다. 다시 아저씨와 마주치게 된다면 발길은 영원히 떨어질 것 같지 않았다. 그래서 무작정 앞만 보고 달렸다.

가로수 길을 달려 동네로 돌아오는 길에 정미소 근처를 지날 즈음, 박씨 아저씨가 빗속에서 쌀가마니를 곡간 안으로 옮겨 놓고 있었다. 정미소 서너 걸음 치에 있는 덕평 이발소를 스칠 즈음엔 문이 드르륵 열리면서 명구 아저씨가 빤질빤질해진 머리통을 쑥 내밀며,

"참댕이 이놈, 오늘은 비가 오니 수박 서리할 생각은 아예 말아라. 비가 오면 뱀이 극성이야."

비가 오면 비가 줄줄 새는 원두막에서 도저히 잘 수 없기에 서리에서 큰 수확을 올릴 확률이 엄청 지대하다는 당연한 정보를 나에게 주었다. 그 뒤 몇 걸음 사이에 명구와 명선이를 만났으며, 심술보 용자와 세상 모든 더러움의 상징인 삼식이도 만났다.

깨끗하게 증발하였던 모든 사람들이 다시 동네에 나타나 있었던 것이다. 집 근처 골목에 다다르자 우산을 든 형이 빗속에서 나를 기다리고 있었다. 중지를 모자 속에 넣고 장난스레 빙글빙글 돌려가며 형에게 미

소를 보내자 형은 성큼 다가서서 나의 머리 위로 우산을 씌워 주며 지극히 자애로운 미소를 지었다.

"대성아, 미안하다. 내가 가지러 가야 했는데…."

나 역시 형을 향해 흐뭇한 미소를 지어 보였다. 우리는 말없이 나란히 걸었다. 집 앞에 거의 다다랐을 때, 까치발로 형과 키를 맞춘 후 형의 머리에 모자를 씌워 주었다. 그러고는 물었다.

"형, 그런데 크레이지에 또 다른 뜻은 없어?"
"엉? 어…, be와 for 사이에 놓이게 되면 '병약한' 혹은 '유약한'이란 형용사가 되지. 또 '무엇에 열중하다'라는 뜻도 있고."

순간, 형의 말 속에서 세빌리아 아저씨가 '병약한 이발사'와 '유약한 이발사'로 묶여 가고 있었다. 울고 있는 아저씨. 세빌리아 아저씨의 슬픈 모습이 형의 눈동자 속에 나타나 기묘한 자태를 취하며 소리쳤다. '하늘이 그림이다! 하늘이 그림이다! 하늘이 그림이다!'

"형, 우리 뛰어가자."
"그래, 누가 먼저 집에 도착하나 내기하는 거다."
"그래."

나는 대꾸와 동시에 여름 소나비 속을 미친 듯 내달렸다.

"하늘이 그림이다!"라고 외치면서.

10 사각 모자

이발소에 다녀온 다음 날, 눈을 뜨고 보니 벌써 점심 무렵이 다 되어 있었다. 세빌리아 아저씨는 과연 어떻게 되었을까? 무모한 빗속에서 무모함마저 집어삼킬 듯 발악하던 하천으로 둥둥 떠내려가지는 않았을까?

방학이라 굳이 할 일도 없었다. 설사 굳이 할 일이 있다손 치더라도 나는 아무 일도 안 하려고 노력 중이었기에 방학 중에도 학교에 가야 하는 형에 대하여 잠시 생각해 보기로 하였다.

우선 나의 머리와 관계되는 모자를 중점으로 나와의 공통분모를 찾아보았다. 왜냐하면 모자와 나는 상관관계가 필요 이상으로 있었고, 나는 어떠한 경우에도 나의 이익을 떼어 놓고 생각하는 미련한 짓을 해 본 적이 없었기에, 우선 형의 모자가 형에게 어떤 용도로 사용되고 있는가 하는 점을 생각했다.

너무도 뻔한 결론이 도출되었다. 형의 모자와 형의 머리통은 아무런 상관이 없었다. 여자들이 여자란 이유 때문에 애를 낳듯이 형은 단지 중학생이란 이유 때문에 모자를 썼으며, 사연 같은 것은 존재하지 않았다. 그런데 왜 형은 모자 때문에 핍박을 받아야 하며, 억울한 사건에 연루되었는가?

그건 바로 교육부 장관의 농간 때문이었다. 교육부 장관이 중학생들은 모자를 쓰라고 명령했으니 재수 없게도 중학생이었던 형은 당연히 모자를 써야 했고, 모자 가게 주인과도 원수지간이 되었던 것이다. 더불어 세빌리아 아저씨와도.

사실 세빌리아 아저씨는 교육부 장관하고 모종의 거래가 있거나 아니면 모자 가게로부터 일정액의 수수료를 받아 챙기는지도 모른다. 매번 중학생 형들은 세빌리아 아저씨가 휘두른 지팡이 덕에 모자를 분실하고는 하였다. 분실은 곧 찾아야 함이고, 그러자면 세빌리아 아저씨에게 아무런 잘못도 없이 무릎을 꿇던지, 아니면 모자 가게에서 슬쩍하던지 둘 중 하나였다. 대개의 부모들은 잃어버린 모자를 사야 한다는 중학생 형들의 이야기에 전혀 신빙성을 두고 있지 않았다. 이미 다른 건수 — 노트, 볼펜, 참고서 등을 구입해야 한다는 명목 — 로 착복당한 사례가 있었기에 모자를 잃어버려 다시 사야 한다는 사실은 몇 권의 참고서를 또 구입해야 한다는 사실로 치부하였다.

모자와 세빌리아 아저씨, 모자, 모자, 세빌리아, 세빌리아, 아저씨,

아저씨, 모자, 세빌리아, 모자, 세빌리아, 아저씨, 모자… 세빌리아 아저씨 모자… 세빌리아 아저씨 모자… 모자 쓴 세빌리아 아저씨… 모자 쓴 세빌리아 아저씨… 모자 쓴 세빌리아 아저씨…. 그렇게 수차 마음속으로 부르짖자 세빌리아 아저씨와 모자는 어떠한 형태로든 연관성이 있는 듯했다.

중학생 형들이 잃어버린 숱한 모자들을 중간에서 가로챈 세빌리아 아저씨는 그 많은 모자를 무엇에 썼을까? 혹시 마누라처럼 품고 잔 것은 아닐까? 아니면 먹을 거라 착각하여 국 끓여 먹고, 고구마나 감자처럼 밥솥에 쪄 먹는 것은 아닐까? 그것도 아니라면 부실한 이발소 영업을 보충하기 위해 옆집 문방구 아저씨와 밀약을 한 것은 아닐까? 빼앗은 모자를 넘겨주고 일정액의 수수료를 챙기는 것은 아닐까?

내가 모자를 빼앗을 터이니 당신은 내가 빼앗은 모자를 팔아 주오, 했을지도 모르지 않는가. 문방구 아저씨가 장물아비인지도. 세빌리아 아저씨가 착복한 모자는 아마도 수백 개는 족히 될 것이다. 몇 년간 중학교를 졸업한 학생들과 재학생들, 그들 중 하루에 한 명 정도는 모자를 다시 사곤 했을 테니까. 일 년이면 365개, 십 년이면 3,650개, 엄청난 모자다.

왜 아저씨는 모자에 그토록 집착하는 것일까? 왜 하필 모자만 빼앗는단 말인가? 가방도 있고, 교련복도 있고, 돈이 필요하다면 돈을 빼앗든지, 정히 못하면 학교의 철 대문을 잘라 고물 장수에게 팔아도 될 터인데. 아예 이발소 앞을 막고 도로 주행세를 받든지 하지.

어쨌든 세빌리아 아저씨에게 관심을 끌려면 나도 빼앗길 모자가 있어야 하는데 모자를 구할 길이 묘연했다. 왜 교육부 장관은 국민학생에게 모자를 쓰라고 하지 않았을까? 머리통이 작아서 그런가? 아니, 머리통 크기로 본다면 삼식이는 어떻게 설명되나.

생각이 깊어지자 교육부 장관이 원망스럽고 모자가 원망스러웠다. 결국 머리통이 그 모든 원망의 원인이 되었다. 아, 머리통. 이 빛나는 머리통. 빛나는 햇볕.

볕이 없는 음지 마루에서 햇살을 보니 정겹고 따사로움만 가득하였다. 하지만 아름다운 햇살에 무서운 일사병 균들이 숨어 있다는 생각이 들자 아름다움이란 의미도 덧없어 보였다. 나의 인생이 불쌍하고, 나의 머리통이 불만스러웠다.

여름날에 멍멍이는 벌써 삶을 체념한 듯 혀를 길게 빼고 나른하게 잠들어 있었다. 삼식이를 만나서 세빌리아 아저씨와 모자에 대하여 의논하기로 마음을 굳혔다. 하지만 문밖에는 햇살이 쨍쨍하였고, 그 빛 속에는 당연히 일사병 균들로 가득할 것이고, 그러니 문밖으로 나갈 방도가 없었다.

'으, 지겨운 저놈의 햇볕, 일사병 균들.

이제 꼼짝 못 하고 집안에 갇히게 되었구나!'

다음 날도 그다음 날도 나는 마루에 걸터앉아 무료한 시간을 때웠다. 밀린 방학 숙제가 그 무료한 시간에 잠깐씩 자각되었으나 밀린 방학 숙제를 하기 위해서는 부득불 삼식이를 만나야 한다는 사실도 자각에 편승하였다.

삼식이는 내가 미뤄 놓은 방학 숙제보다 훨씬 많은 양을 미뤄 놓았을 것이다. 굳이 묻지 않아도 국어 숙제는 국의 'ㄱ' 자도 못 끝냈을 것이며, 산수 숙제는 아마 등식이라는 과제가 등심이라는 고기를 먹어 버리는 것이라 여겨 산수책을 통째로 씹어 댔을지도 모른다. 자연 숙제 또한 방치해 두고 있음이 분명하였다. 그는 일사병이 나에게만 해당되는 줄 알고 있으며, 그래서 맨 머리통을 햇빛에 그대로 노출시키고 다니지를 않는가. 일사병은 분명히 자연책에 나오는데.

나는 나의 영원한 희생양 삼식이에게 앞으로도 나를 앞선다는 것은 무모한 발상이며, 그 발상은 영원히 지속되어야 한다는 사실을 가끔씩 상기하게 만들고 싶어 매번 안달했다. 삼식이가 나를 능가한다는 것은 나로서도 참을 수 없는 모욕이며, 삼식이로서도 도저히 이해하지 못할 일이며, 그것은 삼식이가 장수하는 데 결정적인 악영향을 미칠 것이다.

왜? 삼식이 머리는 분명히 짱돌이었으며, 그의 머리가 돌 이상의 상태로 승복해야만 했다. 만일 승복하지 않고 반항하다가 나를 능가한 후 고민하기 시작한다면, 그의 앞날은 고민의 살덩어리만 자라날 것이다. 그 고민의 살덩어리는 뇌하수체의 성장을 저해할 만큼 비대해져 오랫동안 고민으로 축적된 뇌하수체는 정작 몇 해를 넘기지 못하고 그만 정지할 것이기 때문이다. 그래서 그는 몇 해 후에 죽을지도 모른다.

이렇듯 삼식이를 생각하면 언제나 죽는 쪽으로 결말이 돌출되었다. 일사병이, 머리가 짱돌인 것이, **빡빡** 머리통이, 용자가, 계모인 기영이 엄마가.

죽기 전에 삼식이를 만나야 할 터인데….

아니 혹은 지금쯤 이미 죽어 있을지도 모른다. 그러니 조문객으로 후닥닥 달려가야 하는 것은 아닐까?

죽어 버린 삼식이를 생각하자 순간 나의 몸이 후끈 달아올라, 며칠 뒤면 이 세상을 하직하고 아버지와 동네 사람들의 위장에서 소화되고 있을 멍멍이의 꼬리를 발로 차며 무작정 대문을 나섰다. 그러다가 머리 위로, 참댕이 머리통으로 갑자기 내리쬐는 햇볕을, 무시무시한 직사광선의 발광을 느끼고는 빛의 속도로 다시 음지 마루로 돌아왔다.

잠깐 삼식이에 대한 생각으로 흥분하여 무모한 짓을 한 것이었다. 나는 직사광선에 노출되었던 머리통을 안위安危스럽게 쓸어내렸다. 국가와 사회적으로 볼 때 삼식이가 먼저 죽는 것이 차라리 낫지. 휴, 큰.일.날.뻔했어⋯.

나는 머리통이 서늘해지기를 바라며 마루에 걸터앉아 무릎 아래를 흔들면서 머리통을 비벼 댔다. 잠깐이라도 자외선이 머리통에 깊숙하게 스며들었을지 모르기 때문에 가급적 머리통을 음지로 향하도록 상체를 어긋난 활시위처럼 마루 안쪽으로 들이밀었다.

일사병을 피하자면 머리에 쓰고 갈 모자를 찾아야 했다. 모자를 찾기 위해 마당 이곳저곳으로 시선을 집어 던졌다. 쌀이나 곡식을 담아 두는 곡간을 지나, 부엌문을 지나고, 돼지막, 소구유⋯, 이곳저곳, 안팎, 마당의 모든 장소에 시선을 잠시 던져 모자를 찾아보았다. 여전히 바지 주머니의 유리구슬을 찰랑거리며.

소구유 위로 대충 걸어 놓은 아버지의 밀짚모자가 시선에 포착되는 순간, 초당 팔십 마력의 강력한 빠르기로 뛰어나가 구유 위에 걸린 밀짚모자를 머리에 눌러 썼다. 그러나 소구유에서 마루로 돌아오는 순간, 그 짧은 시간에 나는 낮은 툇마루에 닿기도 전에 우당탕 넘어졌다. 큰 모자가 시야를 가렸기 때문이었다. 밀짚모자는 땀냄새만 요란할 뿐 내게는 별반 도움이 되지 않았다.

나는 아버지의 밀짚모자를 심술궂게 멍멍이 얼굴에 씌워 놓고 다시 마루에 걸터앉아 종아리를 흔들며 쏟아지는 햇살을 아무런 느낌 없이 바라보았다. 눈앞이 먹먹해진 멍멍이가 모자를 떼어 내려 몸을 흔들며 낑낑거리더니 겨우 모자에서 빠져나와 마루 밑으로 기어들고는 나와 같은 표정으로 햇볕을 응시하였다.

그러기를 얼마 동안, 한참을 끙끙거리며 고민한 끝에 안방과 형의 방을 뒤지기로 하였다. 어떤 모자라도 찾기 위하여. 우선 형의 방은 볼 필요가 없었다. 그 방은 나와 같이 쓰고 있었기 때문에 모자가 없다는 것쯤은 익히 알고 있었다.

안방에 들어서서 벽을 한 바퀴 쳐다보았다. 아버지의 작업복, 엄마의 치마, 다림질한 속옷, 광목천에 색색으로 수놓은 학 여남은 마리, 오래된 사진 액자에서 오래된 사람들이 멀뚱멀뚱 나를 쳐다보고 있었다.

상반신만 간신히 비추는 거울이 달린 장롱 문을 열었다. 위로는 이불, 베개, 옆으로는 길게 걸어 놓은 아버지의 마고자, 두루마기, 엄마의 겨울 한복, 스웨터, 겨울 점퍼 등 주로 제철을 만나지 못해 심통이 난 두툼한 옷가지들밖에 없었다.

다시 밑으로 두 개의 서랍 중, 우선 위 칸을 열었다. 서랍의 오른편에는 엄마의 버선, 속옷, 미제 양말, 나일론 치마, 그리고 아기 기저귀 같은 헝겊. 그런데 아기 기저귀가 왜 여기에 있는 걸까? 가끔 이런 헝겊이 부엌에서 말려지고 있는 것을 본 적이 있기는 한데. 윈편에는 아버지의 기다란 사각팬티, 구멍 난 러닝셔츠와 가슴이 알뜰하게 드러나는 여름 스웨터 등이 밑천을 드러냈다. 밑으로 또 하나의 서랍을 열자 온갖 잡동사니들이 다 들어 있었다. 우선 형과 나의 월사금 영수증, 집문서, 땅문서, 각종 서류들로 보이는 누런 종이들, 책 묶음, 족보, 그리고 엄마가 먹다 만 기침약 봉지, 반짇고리 등.

 다시 안쪽을 더듬거리자 손끝에 두툼한 무언가 만져졌다. 손끝에 딸려 나온 것은 무슨 책인 것 같아 별반 나의 관심을 끌지 못했다. 그래서 밀어 넣으려는 순간, 나는 그것을 꺼내 들어야 했다. 모자가, 아니 정확히 사각모자가 있었기 때문이었다. 자세히 보니 책은 사진첩이었고, 첫 장에 연대 미상의 여자가 공단 저고리에 검정색 주름치마를 입고 사각모자를 쓰고서 웃을 듯 말 듯한 표정으로 나를 바라보고 있었다. 마치 이 답답한 곳에서 꺼내 달라고 애원하듯이.

 표지에는 국어 숙제를 생각나게 하는 글자들이 한문으로 쓰여 있어 도무지 읽을 수가 없었다. 다시 한번 글자들을 바라보며 읽어 보려고 노력했으나, 삼식이의 상징인 무식이 들통날까 봐 읽는 것을 포기하고 안쪽을 펼쳤다. 안쪽으로도 또 한 장의 나이 든 여자 사진이 있었다. 그 밑으로도 한문인지, 일본어인지 아니면 합해져 있는지 나로서는 도무지 짐작할 수 없는 언어들이 깨알같이 도배되어 있었다. 그것을 읽는다는 것은 나의 유식함으로는 어림없었다.

다음 장으로 시선을 옮겼다. 나는 그제야 사진첩이 학교, 무슨 학교인지는 모르나, 졸업 앨범이라는 것을 알았다. 형의 국민학교 졸업 앨범과 비슷하였던 것이다. 단지 형보다 더 나이 든 사람들이 하나같이 표지의 여자처럼 사각모자를 쓰고 있다는 것이 달랐다. 표지의 여자가 안쓰럽게 애원하였지만 나는 더 이상 나이 든 여자에게는 흥미가 없었다. 또한 이 중요한 순간에 한가롭게 사진첩이나 훔쳐본다는 것이 왠지 나를 멈칫거리게 만들어 책장을 덮어 버렸다. 삼식이가 죽을지도, 혹은 이미 죽어 버렸는지도 모르는데….

막 서랍에 다시 넣으려는 순간, 앨범 속에서 무언가 나의 발끝으로 떨어졌다. 나는 발가락 사이에 떨어진 것을 집어 들었다. 유심히 살펴보니 노란, 하도 오래되어 노란색이 변색된 누런 종이 쪼가리와 일본군 복장을 한 사나이의 빛바랜 사진이었다. 사진은 너무 구겨져 형체를 알아볼 수가 없었다. 단지 희미하게 일본도처럼 생긴 칼을 차고 있다는 것밖에는. 나는 그것을 눈앞으로 끌어와 자세히 보았다.

'일본 동경 ○○○ ○○○(大學校^{대학교} 卒業生^{졸업생}) 일동'

정확히 한글 여섯 자와 한문 여섯 자가 띄엄띄엄 쓰여 있었다. ○표를 한 부분은 전부 한문이었다. 그러나 내가 읽을 수 있는 한문도 있었는데, 첫 글자, 大^대 자는 나도 알고 있는 글자였다. 내 이름이 金大城^{김대성}이었기에.

11 내 친구 삼식이

삼식이는 불행하게도 죽지 않았으며 심지어 죽을 가능성조차 없었다. 멀쩡하게 나를 맞는 삼식이를 쳐다보면서 나는 잠시 머릿속이 어지러웠다.

"세.빌.리.아 이발사."
"세.발.나.라 이발사."
"아니, 임마. 세.빌.리.아 이발사."
"세.발.나.라."

나는 머리에 수건을 뒤집어쓰고 지긋지긋한 햇빛을 피해 삼식이네 집에 무사히 도착하였다. 놈을 보자마자 세빌리아 아저씨에 관한 이야기를 들려주었다. 하지만 이야기의 이해는 고사하고 첫머리 발음부터 안되고 있었다.

"아니래두. 세.빌.리.아.이.발.사."
"그래, 세.발.나.라!"

"에이그, 멍충이."

나중에는 나의 혀까지 꼬일 것 같아 포기하고는 방학 숙제인 그림을 그리기 시작했다. 제목은 우리 학교 그리기.

당시 나는 산수 과목도 잘했지만 그림에도 출중하여 가을이나 봄이 되면 근동의 학교끼리 열리는 미술 경시대회에 참가하기도 하였다. 3학년 가을, 경시대회에서 채택된 소주제는 '나의 부모님'이었다.

당시 나는 학년 대표로 경시대회에 참가하였다. 아버지의 머리카락을 양초에 물감을 입혀 배색한 고급스런 크레용으로 검고 진하게, 엄마의 머리카락은 고동색과 노란색을 배합해서 은은하게 정성을 다해 색칠하여 대상을 받았다.

담임선생님은 나의 당선 작품을 살펴보며 입이 마르도록 칭찬하였다. 입이 말라 버렸기에 없던 침을 혓바닥으로 훑어가며 칭찬을 하였다.

'구도와 배색, 색감, 배치가 대단히 잘된 그림이다'라는 말이 침으로 범벅이 된 입 속에서 주절주절 침 폭탄이 되어 나왔다. 그 말들이 나를 칭찬하는 말이라는 것을 알아차렸고, 뜻 모르는 용어들이 쏟아질 때마다 아이들을 향해 어깨를 으쓱거리며 뽐냈다.

"우리 학교의 명예를 드높인 대성이에게 모두 박수."
"짝짝짝…."

박수 소리가 터져 나오고 선생님은 우리 집 똥개를 쓰다듬듯 나의 기름기 많은 머리통을 무심히 쓰다듬어 가며 반 아이들을 향해 연신 칭찬하는 것이었다.

"우리 반의 영광이다. 다시 한번 박수."
"짝짝짝…."

그러나 곧이어 선생님은 나의 머리통에서 줄줄 흘러 손에 묻어 버린 기름기를 자신의 바지에 닦아 내며 나를 힐끔, 아니 거의 째려보더니 큰 소리로 골을 내는 것이었다.

"대성아, 너 그림 그리듯이 머리도 자주 감아라."
"…."
"자, 얼른 들어가 자리에 앉아!"

순간 나는 어깨에 헛김마냥 잔뜩 들어가 있던 폼에서 바람이 푸르르 빠지며 좋았던 기분이 엉망이 되어 버렸다. 아이들은 모두 까르르 웃어 젖히며 야유를 보냈다.

참댕이 대갈통. 참댕이 대갈통. 순전히 이 웬수 같은 머리통 때문이다.

"세.발.나.라 이발사."
삼식이는 기계충으로 탁탁 부식된 머리통을 연신 내 눈앞에서 흔들어 가며 발음에 열중하였다.

"아니, 임마. 따라 해 봐. 세.빌.리.아."
"세.발.나.라."
"어이구, 밥통아."

나는 삼식이의 머리통을 쥐어박았다.

그런 와중에 그림은 거의 완성되었다. 마지막으로 학교 담장 앞에 있는 세빌리아 아저씨의 이발소도 작게 그려 넣었다. 그림 속에는 학교 담장이, 나무들이, 교정이, 조그마한 벤치와 축구 폴대가 정답게 있었다. 그러나 이발소는 왠지 칙칙하게 보이며 다른 것들과 어울리지 않았다. 외토라지고 고즈넉한 분위기가 잔뜩 배어 나와 가게 앞에 있지도 않은 미루나무를 살짝 그려 넣었다. 간판도 있어야 폼이 날 것 같아 큼지막하게 '세빌리아 아저씨 이발소'라고 쓴 입간판을 그린 후 하늘색으로 칠하여 그림을 완성시켰다.

삼식이는 아직도 학교를 반도 못 그리고 있었다. 오늘 안으로 '그림'도 '세빌리아'도 끝내지 못할 것 같다. 그래도 삼식이는 열심히 빡빡 머리통에 땀을 뻘뻘 흘려가면서 개발, 새발, 닭발, 오리발, 발고락으로 그린 듯한 그림을 열중해서 그리고 있었다.

투둑. 투둑. 투투투 둑둑둑.

밖에서 또다시 소나기 소리가 들려왔다. 문득 비만 오면 중얼거린다는 형의 목소리가 빗소리에 섞여 들려왔다.

그림이다. 하늘이….

빗속에서 떨고 있는 세빌리아 아저씨가 떠올랐다.

빡빡머리 삼식이의 머리카락은 쉽게 자라지 않을 것 같다. 세빌리아 아저씨를 가까이에서 보려면 이발소에 가 보아야 하는데, 그러자면 삼식이의 머리통에서 머리카락이 자라야 했다. 형의 모자를 찾아온 날 이후부터 아저씨의 이발소에 혼자서 갈 엄두가 나지 않았다.

세빌리아 아저씨는 확실히 기이한 구석이 많은 사람이었다. 그런 사람은 돌발적인 행동을 즐겨 한다는 것쯤은 아마 삼식이 같은 삼식이들도 잘 알고 있을 것이다. 그럼 어떻게 하면 삼식이의 머리통에서 머리카락이 자라게 할까?

농약을 뿌려 볼까?

삼식이의 머리통에 농약을 뿌려 머리카락을 키워 볼까 하다가 언젠가 아버지께서 농약이 손에 묻으면 손바닥이 타 버린다는 말이 떠올라 삼식이의 가장 큰 무기이며 궁극적인 수단인 머리통을 태운다면 어떻게 될까? 내심 걱정이 앞섰다.

사실 삼식이는 이미 세상 이치의 모든 것을 머리통화化하였으며, 뜻하지 않은 난관과 수단에도 이 법칙은 철두철미하게 적용되어 모두 머리통으로 대처하였다. 다른 사람들 — 여기서 다른 사람들이란 연약한 일부 어른과 여자, 노인, 아이들을 포함한, 대개는 우리와 같은 또래의 사내아이들을 두고 말함 — 은 어깨나 등으로 물건이나 쌀가마니를 드는 데 반해 삼식이는 모두 머리통에 얹고 다녔다. 멱을 감을 때도 나 같으면 양손을 모아 입수入水하는 데 반해 삼식이는 로켓 탄환처럼 머리통부터 처박았다. 어쩌다 동네에서 싸움질을 할 때도 위력적인 머리통부터 들이받고, 계모 기영이 엄마에게 호되게 맞을 때도 신체의 다른 부위보다는 머리통을 먼저 들이밀어 대신 혹사시켰다.

고로 삼식이에게 머리통은 목숨과 동일한 것이었다. 그런 머리통이 농약에 의해 다 타 버리면 아마도 시름에 젖거나 일사병 걸리는 것보다도 더한 충격으로 어쩌면 죽어 버릴지도 모르는 일이다. 그렇게 되면 나는 용자에게 맞아 죽을지도 모른다. 또한 삼식이의 이복동생 기영이가 나를 철천지원수로 생각할지 모른다. 어쩌면 평생 기영이를 업고 다녀야 할지도 모른다.

나의 생각이 이 대목에서 '모른다', '모를 일이다', '모를 것이다'로 의문이 계속 꼬리를 물었다. 그러자 머릿속이 농약을 뿌린 것처럼 지근거렸다. 이렇게 모르는 일이 많다면 삼식이 머리에 농약을 뿌릴 수는 없었다. 그 이유는 아버지께서 언제나 정확한 일, 알 수 있는 일만 하라고 하셨기 때문이었다.

"다 그렸냐?"

"아니. 대성이 니가 그려 줘라."
"이리 줘 봐."
"야, 그런데 이건 뭐냐?"

삼식이가 내가 그린 그림을 유심히 쳐다보더니 '세빌리아 아저씨 이발소'를 손가락으로 가리키면서 물었다. 여전히 훌쩍거리는 통에 누런 콧물이 콧구멍을 오르락내리락하고 있었다.

"세.빌.리.아. 이발소야."
"뭐? 세.발.나.라 이발소?"

저녁이 다 되었는데도, 세빌리아를 수백 번도 더 가르쳐 주었는데도 끝까지 발음을 못 했다.

12 수박 서리

　방학이 거의 끝나 가는 팔월 중순이 다 갈 무렵까지 나는 세빌리아 아저씨에 대한 관심을 접어 두었다. 아니 관심이 있었는지조차 잊고 있었다. 일부러 잊으려고 노력하지는 않았지만 어느 순간 그냥 잊어버렸고, 되새길 만한 사건도 별로 없었기에 아주 영원히 잊어버리는 줄 알았다. 삼식이의 머리카락이 좀처럼 자라나지 않았기에 이발소에 가려는 의지도 사라져 버렸고, 더욱이 방학 중이라 이발소가 있는 곳을 지나칠 이유가 없었기 때문에 더욱 까맣게 잊고 있었던 것이다.

　그러던 어느 날, 세빌리아 아저씨를 우연히 동네에서 마주치게 되면서 잊어버린 줄 알았던 관심이 나의 뇌 속에 더욱 선명한 사건을 만들어 놓았다. 절대로 잊지 못하도록….

　신기하게도 동네에서 아저씨를 본 것이다. 아저씨는 이제껏 한 번도 동네 밖으로, 명구 아버지 신고로 지서에 갔던 때를 제외하고는 나온 적이 없었기에 동네에서 아저씨를 본다는 것은 매우 보기 드문 일이었다.

그날도 역시 본업인 서리에 충실하기 위해 명구 아저씨네 수박밭으로 기어들고 있던 참이었다. 참외 고랑과 수박 고랑은 발을 들이는 쪽에서 조망하자면 횡렬로 각각 여섯 고랑이었다. 이 여섯 고랑 중 한 고랑에서 한 개씩 따 내고는 수박 줄기를 흩트려 놓으면 감쪽같았다.

삼식이는 눈동자를 앞뒤 좌우로 굴려가며 망을 보면서 내가 던져 준 수박과 참외들을 자루에 옮겨 담았다. 용자는 명선이가 대기하고 있는 냇가를 향해 자루를 들고 뛰었으며, 명선이의 손을 거쳐 수박과 참외는 냇물에 알뜰히 씻겨 은밀한 장소에 숨겨졌다.

막 네 번째 고랑에서 수박을 세 통째 들고 나오던 참이었다. 갑자기 명구 아저씨가 원두막에서 뛰어오는 것이었다. 망을 보던 삼식이가 냉큼 소리쳤다.

"대성아, 뛰어!"
"야, 참댕이 새끼! 대성이, 네 이노옴. 당장 거기 서거라!"

나는 필사적으로 냇가를 향해 앞도 뒤도 안 돌아보고 오직 달리고 달렸다. 삼식이도 용자도 손에 든 것들을 집어던지고 마찬가지로 나를 따라 달렸다. 고무신은 벌써 어디로 갔는지 발바닥이 아려 왔다. 발목도 돌부리에 채어 피가 나며 통증이 밀려왔으나 등 뒤에서 명구 아저씨가 계속해서 소리치며 달려오는 통에 통증은 통증으로서 역할을 잠시 보류

할 수밖에 없었다.

"참댕이 이노옴, 냉큼 그 자리에 서지 못할까. 허구한 날 서리냐, 서리야!"

산중이 쩌렁쩌렁 울어 댔다. 나는 계속해서 걸음아 나 살려라, 혼신을 다해 뛰었다. 냇가까지는 약 오백여 미터. 얼마나 그렇게 달리고 달렸을까. 어느 순간, 악을 쓰며 쫓아오던 명구 아저씨의 목소리가 갑자기 잦아드는 것이었다. 고함 소리는커녕 발걸음 소리조차 없는 것이었다.

명구 아저씨네 원두막과 삼식이 할아버지의 묘 사이에는 내가 태어나기 전부터, 옛날로 규정된, 옛날보다도 훨씬 옛날부터 서 있던, 이가 송송 빠지고 나무껍질이 북실북실한 전나무 한 그루가 있었다. 그곳에서부터 명구 아저씨의 목소리가 사라진 듯하였다. 달음질을 잠시 멈추고 전나무 방향으로 고개를 돌려보았다.

전나무 왼편으로 명구 아저씨의 모습이 거울 속에 고정된 듯 우두커니 서 있었다. 그리고 또 한 사람, 바로 지팡이를 든 채 위태로운 자세로 세빌리아 아저씨가 전나무 오른편에 서 있었다.

"중공군이 모라모라…."

명구 아저씨와 우리는 전나무, 아니 세빌리아 아저씨를 사이에 두고

휴전선 모양으로 북방 한계선, 남방 한계선으로 나뉘어 한참을 세빌리아 아저씨가 중얼거리는 소리에 어리둥절해 있었다.

"저 사람이 누고?"

용자가 어둠의 크기만큼 은밀하게 물었다.

"세빌리아 아저씨야."
"세.발.라 아저씨?"
"아니, 세.빌.리.아 아저씨."
"뭐에? 세.면.발.라?"
"킥킥, 세면발라가 아니라 세빌나라다."

삼식이가 엉뚱하게 끼어들었다.

"어휴, 바보들. 세면발라도 아니구, 세빌나라도 아니야. 세빌리아야!"

내가 거듭 소리치자 용자가,

"그래, 세면발라."
"알아, 나도 안다구. 세빌나라잖아."

삼식이가 용자와 동시에 대꾸하였다. 나의 입 속으로 맥이 탁 풀린 헛김이 가득 들이찼다.

순간 한참을 중얼거리던 세빌리아 아저씨가 우리들의 속삭임을 눈치챘는지 우리 쪽을 향해 고개를 둘레거렸다.

"쉿."

용자와 삼식이가 몸을 부르르 떨며 입을 꾹 다물었다.

세빌리아 아저씨가 목표물을 잃어버린 사수마냥 재차 시선을 응집시켜 주위를 경계하였다. 꼴딱꼴딱, 숨결 잦히는 소리가 우리 속에서 몇 차례 일었다.

세빌리아 아저씨는 끝내 우리를 발견하지 못한 듯, '중공군 모라모라 자라자랄 자라라랄…' 재차 중얼거리며 전나무 등걸에 몸을 지탱하고 스르르 무너졌다.

어느새 시간은 자정을 뭉텅 삼키고, 산중 멀리서 온갖 짐승의 울음소리가 처량함 가득 들려왔다. 늦은 여름밤의 하늘은 수많은 별이 곳곳을 분주히 밝히며 초롱초롱 빛났다. 전나무 밑으로 이슬처럼 떨어진 별빛의 흰 점이 반딧불처럼 승화되어 명구 아저씨 곁으로 점점 형광 층을 형성시키며 모여들었다.

세빌리아 아저씨는 명구 아저씨가 근거리에 있다는 사실도, 또한 우리가 그 비슷한 거리에 있다는 사실도 알아채지 못한 듯했다. 그저 진력이 나도록 '중공군이 모라모라 자라라잘랄…' 하며 중얼거리고만 있었다.

"지금 저 사람 뭐라고 하누?"

용자가 재차 물었다.

"…"
"난 몰라. 대성이에게 물어봐라. 쟨 꼬부랑말도 잘 알아듣더라."

삼식이는 자기가 못 알아들으면 무조건 잉글리시라고 했다. 분명 세빌리아 아저씨는 잉글리시로 말하지 않았는데. 바보 같은 삼식이.

"나도 몰라, 임마."

때를 맞춰 주저앉아 있던 세빌리아 아저씨가 머리를 천천히 들어 요동쳤다. 전나무를 '쾅 쾅' 들이받는 것이었다. 마치 전나무를 자신의 머리로 쳐부수어야 하는 사명감을 가지고 있는 사람처럼. 그러나 전나무는 전혀 미동할 의사가 없는 듯했다. 머리통으로 전나무를 쳐부순다는 것은 짱돌 머리 계의 권위를 인정받은 삼식이도 불가능한 일이었다. 전나무는 매번 퉁퉁, 같은 소리로 일관하였다. 가소롭다는 듯.

"미친 사람인가 보다. 저러다 죽겠다."

퉁퉁거리는 전나무의 소리에 맞춰 아저씨의 머리통도 퍽퍽 소리를 냈다. 그러나 건너편 명구 아저씨도, 나도, 삼식이도, 용자도, 어느 틈에 냇가에서 막 올라온 명선이도 선뜻 나서서 제지할 수가 없었다. 세빌리아 아저씨의 행동이 너무도 무모하고 과격했기에, 그런 행동이 어떤 의미인지, 자신에게 어떤 화가 미칠지도 모르는 상황이기 때문이었다.

단지 가슴만 졸이며 다음에는 무슨 짓을 할까 하는 조바심뿐이었다. 그런 우리의 속내를 알았다는 듯이 한참 동안 전나무와 머리통으로 싸움을 벌이던 세빌리아 아저씨는 다시 몸통을 부풀리며 목을 길게 빼고 숲 주위 상황을 살폈다.

세빌리아 아저씨의 시선이 서서히 우리가 숨어 있는 곳으로 움직이자 우리는 모두 한순간 고개를 아래로 낮추고 세빌리아 아저씨의 시선이 다른 방향으로 돌아가기만을 기다렸다. 하지만 시선의 중심은 우리가 숨어 있는 근처에서 잠시 멈춘 채 서성거렸다. 우리 마음속에 조갈증이 서서히 몸을 키울 즈음,

"중공군이다. 따따따따….'

지팡이를 총구처럼 우리가 숨어 있는 방향으로 꺾어 잡고는 미친 듯이 발악하였다.

우리는 쥐 죽은 듯 고개를 처박은 채 이상하게, 긴박감과 위기감 짙은 현재의 상황에서 벗어나기만을 기다려야 했다. 모든 의식은 더욱 명료해지고 있었다.

"중공군이다. 따따따…."

총알이 빗발쳤다. 그러나 총알은 매번 우리를 관통하지 못하였다. 정작 실감 나는 상황만 연출하였을 뿐. 우리는 실감의 포로가 되어 땅속에 더욱 깊숙이 코를 박았다. 풀숲의 냄새가 머리 위로 빗발치는 두려움에 편치 않은 마음을 조롱하듯 평화롭게 살랑살랑 콧속으로 스몄다.

얼마간 빈 총구를 속사포처럼 갈겨 대던 세빌리아 아저씨가 재차 고개를 좌우로 흔들어 댔다. 그러고는 지팡이에 의지한 채 느릿느릿 몸을 일으켜 세웠다.

꼭 쥐었던 손바닥이 땀방울로 흥건히 젖어 있었고, 우리는 살아났다는 묘한 안도감을 느꼈다. 삼식이도, 용자도, 명선이도 혼이 달아난 듯 얼얼한 표정이 되어 상체를 일으켰다. 무사하다는 만족감으로 우리는 서로의 얼굴부터 살펴보았다. 불행스러운 점은 삼식이와 용자가 살아났다는 점이었다. 다행스러운 점은 명선이가 살아났다는 점이었다. 우리는 행복과 불행 등 만감이 교차하는 시선으로 서로를 살피며 미소를 머금었다.

무언의 미라가 한창 무르익어 가고 있을 때, 세빌리아 아저씨는 삼식이 할아버지의 묘를 향해 거정거정 걸어갔다. 우리도 간격을 두고 세빌리아 아저씨를 뒤쫓았다. 명구 아저씨도 숲 저쪽에서 쫓기는 듯한 갈잎의 소요가 파도쳤다.

세빌리아 아저씨의 옆구리에는 창호지 같은 종이 뭉치가 둘둘 말려 있었다. 여전히 사금 빛 밤하늘에서 별들은 우리들의 격전을 흥미롭게 지켜보고 있었다. 밤의 훈풍도 조화롭게 퍼져 나가며 우리들의 체온 속에 활력을 불어넣었다. 춥지도 덥지도 않은 기온이 긴장감에 타는 목덜미를 서늘하게 쓸어내렸다.

　삼식이 할아버지의 묘 앞에 이르자 세빌리아 아저씨는 묏자리에 등을 걸치고는 허망한 듯 누웠다. 다소 싱거운 미행이라고 마음속으로 투덜거리며 우리도 풀숲에 주저앉았다.

　중공군이 자왈자왈… 끝없이 중얼거리는 세빌리아 아저씨. 숲속의 고요가 아저씨의 중얼거림으로 깨어나기 시작하였다. 찌르레기가, 먹충나방이, 수런거리는 이름 모를 풀벌레들이, 선잠에서 깨어난 참새 떼와 산비둘기 떼가 하늘 높이 날아올랐다. 옆 동네의 부엉이도 소란스러움에 끼어들었다. 냇가에서 들려오는 물소리도 작게 도란댔다.

　하늘 높이 날아오른 새들이 세빌리아 아저씨를 향해 지저리지저리, 찍찍, 성원에 가까운 야유를 시작하였다. 잠시 고요하던 아저씨는 야유에 화답이라도 하듯이 어느 틈에 하모니카를 꺼내어 불기 시작했다.

　…삐.리.삐.리.리.릭.삐.리.리.릭.삐.리.삐.리.리.릭.삐.리.삐.리.릭… 삐.리.리.릭.삐.리.리.릭….

수런거리는 소음 속에 잠재되어 있던 음향들이 아름다운 것들로 깨어나기 위해 꿈틀거렸다.

…삐.리.삐.리.리.릭.삐.리.리.릭.삐.리.삐.리.리.릭.삐.리.삐.리.리.릭…삐.리.리.릭.삐.리.리.릭….

우리의 눈빛에도 안도감이 찾아들었다.

"저거 아는 노래다. 푸른 하늘 은하수 하얀 쪽배에 계수나무 한 나무 토끼 한 마리…."

동글동글 눈동자를 굴리며 명선이가 나직이 따라 불렀다. 명선이의 노랫소리는 언제 들어도 여름 하늘처럼 싱그럽다.

"맞다. 반달이 음악 시간에 배웠다."

용자의 목소리는 언제 들어도 뒤퉁스럽다.

…삐.리.삐.리.리.릭…삐.리.삐.리.리.릭…삐.리.삐.리.리.릭…삐.리.삐.리.리.릭.

"저것두, 뻐꾹 뻐꾹 뻐꾹새. 오빠 생각이야."

오빠 생각, 명선이가 촐싹거리며 말했다.

"아니다, 엄마 생각이야."
"치, 오빠 생각이래두."
"아니라니까, 엄마 생각이야."

용자가 특유의 억지로 명선이의 말을 묵살하였다. 삼식이는 그 틈에서,

"그래, 용자 말이 맞다."

하며 끼어들었다.

나는 오빠 생각이 맞는다고 생각하면서도 끼어들 수가 없었다. 어찌 생각하면 엄마 생각이 맞는 것도 같았기 때문이었다. 대신 '쉿!' 소리로 모두의 입을 틀어막았다.

…삐.리.삐.리.리.릭…삐.리.삐.리.리.릭…삐.리.삐.리.리.릭…삐.리.삐.리.리.릭.

감미롭고 상쾌한 하모니카 소리가 밤하늘의 새소리와 절묘한 화음이 되어 넘실거렸다. 금구슬, 은구슬, 금실, 은실, 세상의 아름다운 모든 조화를 숲속에 옮겨 놓은 듯 금빛 은빛 물결이 파도쳤다. 화음에 따라 우

리의 마음속에도 아름답게 장식된 사랑의 요철 조각들이 콩닥콩닥 박혀 들었다.

새소리가 삐.리.삐.리.리.릭. 울어대자, 그 틈에 하모니카 소리가 끼어들었고, 콩닥. 콩닥. 우리의 가슴팍에서 부연하는 울렁거림들이 재차 합류하였다. 삐.리.삐.리.리.릭. 순간, 다시 하모니카 소리가 들려왔고, 찌리릭 찌찌리릭 삐리 삐리릭, 어디선가 나타난 온갖 새들의 소리가 다시금 끼어들었다. 삐.리.삐.리.리.릭.아.름.답.다. 아름답다고 목 놓아 외치는 우리의 가슴팍이 한참을 울렁거렸다. 찌리릭 찌찌리릭 삐리 삐리릭. 악을 쓰는 온갖 새들의 합창 소리가 더욱 크게 울렸고, 삐.리.삐.리.릭.콩.콩.닥. 악을 쓰지 말자고 온갖 새들을 핀잔하는 우리의 가슴팍이 쿵쾅거렸다. 삐.리.삐.리.릭. 모두 조용! 아저씨의 아름다운 하모니카 소리가 숲속의 모든 소리를 평정하며 흘렀다.

밤은 우리의 하모니에 잠자코 있었다. 다만 별들이 무리 지어 우리의 하모니에 맞춰 춤을 추었다. 하모니의 모든 지휘는 당연히 세빌리아 아저씨의 몫이었다. 하모니에 소음과 방해를 일삼는 비협조자는 삼식이와 용자이며, 하모니의 황홀한 관객은 명구 아저씨다. 명선이와 나는 큰북과 나팔을 연주하는 하모니의 아름다운 전속 단원이다.

나는 사랑스런 눈길로 명선이의 어깨를 지그시 감싸 안았다. 내숭쟁이 명선이는 나의 행동을 예감했다는 듯 포옥 안겨 왔다. 수박통 같지만 그래도 아름다운 나의 신부여! 신부의 배여! 팔월의 밤하늘을 우리만의 사랑으로 빛내지 않겠느뇨. 오오오, 나의 사랑이여! 나의 신부여!

— 짠짜라 짠짠짠…, 신부 입장!
— 짠짜라 짠짠짠…, 신랑 입장!
— 짠짜라 짠짠짠…, 주례사. 침을 튀기는 담임선생님의 길고 긴 지겨운 주례사가 끝나고 드디어 사진 촬영, 읍에 사는 대머리 사진사가 사진기를 들고 우리의 모습을 박는다.

삼식이는 나와 명선이의 결혼사진에 끼어들려 악을 쓴다.

— 평생 남을 사진을 콧물이 질질 흐르고 기계충이 덕덕 실린 삼식이의 대갈통 때문에 두고두고 후회하고 싶지 않아.

명선이가 삼식이의 콧물을 힐끔대며 신경질을 부린다.

나는 삼식이를 결혼식장 뒤편으로 끌고 나가 설득한다. 하지만 삼식이는 막무가내 말을 듣지 않는다. 할 수 없이 몇 대 쥐어박고 내쫓는다.

— 가! 저리 가!

삼식이는 울먹울먹 사진 찍기를 포기하고 피로연장으로 향한다. 삼식이가 없으므로 모든 행사는 일사천리로 진행된다.

드디어 우리는 하룻밤을 보내게 된다. 우리는 아름다운 세빌리아 아저씨의 하모니카 소리를 배경으로 신방에 들 것이다. 기대와 설렘만으로도 충분한 명선이와의 하룻밤. 과연 무엇을 해야 하나? 명선이는 분명히 공기놀이를 하자고 떼를 쓸 것이고, 나는 구슬치기나 딱지치기를 하자고 싹싹 두 손을 모아 애원할 터인데…. 고민스럽다.

나는 다시 한번 명선이를 꼭 안아 보았다.

그래, 공기놀이를 하자. 아름다운 나의 신부를 위하여 그 정도는 양보해야지.

"얼레리 꼴레리, 너희들 뭐 하냐?"

아름다움의 전의를 상실하게 만드는 무식한 삼식이의 야유가 터져 나오는 순간, 나의 손이 명선이의 어깨에서 재빠르게 밀려났다. 그와 동시에 세빌리아 아저씨가 하모니카를 집어던졌다. 그러고는 상체를 일으켜 세우더니 머리통을 세게 움켜쥐고 마구 흔들기 시작하였다. 삼식이의 뒤통맞은 목소리에 박살 난 하모니 때문이었을까. 아니면 조금 전 전나무와 격전을 벌인 머리통이 뒤늦게 아파져 온 것일까.

"중공군이다 따따따따…."

악을 쓰며 떼굴떼굴 바닥을 뒹굴었다.

그때, 건너편의 명구 아저씨가 어둠 속에서 형체를 드러내며 세빌리아 아저씨에게 걱정스럽다는 듯 다가갔다.

"어디 아파요?"

그 순간 세빌리아 아저씨는 지팡이를 들어 명구 아저씨를 향해 반으로 쪼개듯 내리치며 큰소리로 악을 썼다.

"이이야…!"

모든 화음이 부질없이 사라지는 순간이었다. 모든 아름다움이 폭력으로 변하는 순간이었다.

"죽여라… 죽여… 중공군을 죽여라…."
"아니, 이 사람이 미쳤나?"

명구 아저씨가 지팡이를 피해 옆으로 데구르르 굴렀다. 그러고는 바지춤을 털어 가며 혼비백산하여 어둠 속으로 사라졌다.

"저런 미친놈을 보게나. 일낼 놈일세 그려."

세빌리아 아저씨는 허공을 향해 계속해서 지팡이를 휘둘러댔다. 목표물도 없는 지팡이가 하모니의 조화로운 감동으로 가득했던 하늘에 쉼 없이 바람 소리를 내며 날아다녔다.

"저 사람이 왜 저러냐?"

미련스러운 표정의 삼식이가 재차 분위기 파악을 못 하고 다소 큰소리로 떠들었다.

움찔, 세빌리아 아저씨는 소리 나는 방향으로 고개를 돌리더니 우리 쪽으로 흔들흔들 뛰어왔다.

"죽여라…"
"달아나자!"

우르르, 우리는 무작정 뛰었다. 본능적으로 냇가를 향해.

"죽여라… 죽여… 중공군을 죽여라…"

우리는 명구 아저씨에게 쫓길 때보다 열 배는 빠르게 도망쳤다. 발길에 돌부리가 차였으나 통증을 느낄 사이도 없었다. 신발을 잃어버렸지만, 신발이 목숨보다 만 배쯤은 소중하지 않았기에 아쉬운 마음이 전혀 들지 않았다.

"크레이지야. 세빌리아 아저씨는 정말 크레이지야."
"…."

다소 난감해하는 나의 표정 위로 어디선가 엉엉하는 울음소리가 들려왔다. 가만히 귀를 기울여 들어보니 우리가 막 빠져나온 숲속에서 울음소리가 들렸다. 예전에 들었던 세빌리아 아저씨의 울음소리가 분명했다. 우리는 모든 행동을 자제한 채 귀를 쫑긋 세우며 아저씨의 울음소리에 귀를 기울였다.

무엇 때문에 우는 것일까?

형의 말로는 멀쩡하다가도 비만 오면 저런다는데….

오늘은 비도 안 오는데, 혹시 일사병에 걸린 걸까?

"야, 집에 가자."

세빌리아 아저씨의 울음소리에서 깨어난 삼식이가 심드렁하게 일어섰다. 나는 복잡해진 머리를 흔들며 신발도 없이 터덜터덜 집으로 돌아왔다. 막 문고리를 잡아 방문을 열려는 찰나, 숲속에서 짐승들의 울음소리와 섞인 세빌리아 아저씨의 울음소리가 나의 방에 기어들고 있었다.

13 죽음

방학이 끝날 무렵 삼식이는 결국 일사병에 걸리고 말았다. 그동안 머리통을 통해 숨어든 일사병 균이 몸속에서 잠복기를 거쳐 삼식이의 얼굴부터 배, 가슴, 사타구니까지 붉은 반점으로 나타났다.

그동안 내가 우려했던 일, 삼식이가 **빡빡머리**를 태양에 그대로 노출시킨다면 언젠가는 일사병에 걸릴 것이라는 예상이 현실로 증명된 셈이었다.

나는 또다시 죽음의 공포에 휩싸였다.

방 한구석에 쪼그리고 앉아서 죽는, 아니 이미 죽어 버려 이 세상에 존재하지 않는 삼식이를 생각했다.

내 곁에서 삼식이가 사라진다면 그건 너무 슬픈 일이었다. 우선 삼식이가 없다면 내가 삼식이를 통해 얻을 수 있던 모든 즐거움이 통째로 사라진다는 뜻이었다.

　무턱대고 폼 잴 수 있는 자유, 무턱대고 무시할 수 있는 자유, 무턱대고 면식面識할 수 있는 자유, 너무나 많은 무턱대고 취할 수 있는 자유, 더불어 필요 없음을 자선으로 위장한 생색을 낼 수 있는 자유, 또한 무식함의 부재에 대한 상대적인 박식함의 외로움 등등.

　그것은 졸개를 잃은 장군의 비애와도 같은 것이며, 비통에 젖은 장군의 힘없는 호령과도 같은 공허함이었다.

　이런 것들은 그저 나의 내적인 문제로 다소 불편을 감수하면 그뿐이라고 치더라도, 외적으로도 산적한 문제가 숱하게 대두되었다.

우선 용자, 용자를 책임져야 했다. 용자는 변덕이 심한 데다 지독한 이기주의자였다. 게다가 그런 단점들을 더욱 광분狂奔하게 할 정도로 폭력적이었다. 그 폭력적인 수용의 한계는 내가 용자를 거느리는 게 아니라 용자가 나를 넘보는 수준이 될 것이다.

그리고 명선이와의 마찰. 그 틈바구니에서 목숨을 담보해야 하는 나의 애증들. 필시 명선이와 나의 아름다운 사랑은 용자의 폭력에 의해 숱한 비극을 연출할 것이다. 어쩌면 명선이는 용자의 폭력을 못 견뎌서 야반도주를 할지도 모른다. 그러면 나 역시 명선이를 쫓아 야반도주를 감행하다가 용자에게 걸려들게 되고, 용자의 뜻에 따라 그토록 우려하던 결혼을 하고, 용자와 평생을 살게 되는 비극이 발생할 수도 있을 것이다. 그렇게 되면 내 인생의 참된 의미는 모두 사라지고, 그저 빈껍데기만 남아 삭막하고 쓸쓸한 최후를 맞이할지도 모른다.

용자, 용자, 용자. 용자를 아무리 뒤집고 거꾸로 처박아 이리저리 저리이리 흔들어 보아도 용자는 용자 외에 다른 인간상으로 개과천선하지 못하였다. 그래서 용자는 포기, 아니 방치할 수밖에 없었다.

다음으로 기영이 문제가 더욱 어려운 문제로 대두되었다.

어떻게 풀고 말고 할 것도 없이 나도 삼식이처럼 기영이를 등에 혹처럼 이고 지고 다녀야 하는가, 하는 필요 없는 상상 속에서 헤매다 역시 가당치도 않은 결론을 끌어냈다.

고아원에 맡기든지, 해외나 국내로 입양을 시키든지, 이도 저도 아니면 기영이 엄마 배 속으로 도로 집어넣는다는 무모에 가까운 결론을 내리는 순간, 심장 언저리에서 가벼운 양심이 발동했으나, 양심의 가책은 한 번 정도는 눈감아 줄 것이라 믿고 기영이를 해외로 입양시키기로 했다.

물 한 모금 제대로 못 삼키고 발가락 하나 꼼짝 못 한 채 이 더위에 추워서 온몸을 떨고 있다니….

삼식이가 죽는구나! 삼식이가….

나는 삼식이가 죽어 버림으로써 많은 것을 책임져야 할 것 같았고, 또한 많은 것을 상실할 것만 같아 초조하였다. 또한, 현재 일사병을 대상으로 치도곤을 치르고 있는 세빌리아 아저씨도 심히 걱정되었다. 아저씨도 수일 내로 고인故人 삼식이처럼 죽음을 맞이할 것인가?

그러면 그다음에는…, 다음은 내 차례다.

태양이, 일사병이 저주스러웠다.

삼식이가 죽어 가는데 세빌리아 아저씨가 측은하게 꼽사리 끼어들더니 불쌍하게 생각해 달라고 애원하는 것이었다. 하지만 막상 나의 죽음까지 연상되자 집요한 죽음의 전령사 일사병을 향해 경외에 가까운 두려움마저 느껴졌다.

"삼식이가 홍역이래요."
"이 여름에?"
"홍역에 무슨 계절이 있나요."
"고생이 심하겠네."
"얼굴이 반쪽이더라구요."
"휴, 대성이가 괜찮아야 할 텐데…."

안방에서 들려오는 아버지의 걱정 섞인 한숨 소리.

부모님은 마루에 걸터앉아 있는 나를 의식해 삼식이가 걸린 일사병을 다른 병명으로 바꾸어 부르면서 진실을 호도하고 있었다.

그러니 진작에 모자를 사 주면 됐지. 이제 와서 걱정하면 뭐 하누. 소 잃고 외양간 고치기지. 이참에 아예 확 죽어버려 모자 안 사 준 앙갚음이나 할까?

"그런데 대성인 홍역 했나?
대성이를 삼식이 근처에 얼씬 못 하게 단속해요. 만일 안 했다면 요번

참에 옳을지 모르니."

 삼식이가 일사병으로 죽는 것하고, 내가 삼식이 곁에 가는 것하고는 전혀 상관이 없다. 아버지는 일사병이 전염되는 줄 알고 있었다.

 선생님께서 열대 모기를 종균으로 하는 말라리아 외에는 전염성이 없다고 했는데. 하긴 학교에서 배운 유관순 누나보다 세 살이나 많은 아버지가, 구식으로 꽁꽁 무장한 아버지가, 배척 대상인 외래 문물에 섞여 들어온 일사병에 대하여 뭘 알겠는가? 말 그대로 무지 그 자체지. 큰누나가 작년 말에 시집가서 올해 초에 아기를 낳는 바람에 할아버지가 되지 않았나.

 그런데 작년 십이월에 시집가서 올 사월에 애를 낳았다면 그건 뭐가 잘못된 거 아닌가? 자연 시간에 '아기는 어디서 나오나요?' 하고 삼식이가 엉뚱하게 던진 질문의 결과로는 배 속에서 아기는 열 달이 지나야 나오는 것으로 알고 있는데, 그렇다면 혹, 혹, 누나가, 누나가, 누나가… 아이를 해외에서 입양한 것은 아닐까? 내가 기영이를 입양시키듯이 누나도 입양해 온 것은 아닌가? 아니면 아이에게 누나가 입양되었는지. 아니면 누나와 매형이 아이 빨리 낳는 병에 걸렸든지. 그것도 아니라면 아이와 누나와 매형이 모종의 음모 같은 모사를 통해 현재 모든 생명공학의 탄생에 관한 질서를 재편성한 걸까? 정말 묘하군, 묘해. 그 정도로 매형의 머리가 출중하다니. 잔대가리의 천재 만재인 매형이, 또한 잔대가리의 천재에게 넘어간 누나가…. 에구, 어렵다. 모르겠다. 모르겠어.

어쨌든 아버지가 오십네 살이고 내가 열 살이니까…. 와, 오십한 살, 아니 오십두 살…, 하여튼 계산조차 안 되는 것을 보니 엄청나게 차이가 있구나. 손도, 발도, 얼굴도, 아버지 몸에 매달린 모든 피부도 하나같이 할아버지들처럼 쪼글쪼글한 것이 나이가 많아 곧 죽는 건 아닐까?

아버지가 죽는다면 앞으로 나의 수박값은 누가 책임진단 말인가. 나는 앞으로 최소 이십 년 정도는 수박 서리를 본업으로 삼으려 하는데. 그렇다면 최소 이십 년 정도는 아버지가 살아 있어야 하는데….

이렇게 생각이 깊어지자 나의 관념 속에서 세빌리아 아저씨는 서서히 죽어갔고, 삼식이는 이미 죽었으며, 아버지 역시 죽음의 관념에 편승하였다. 오로지 나만이 죽음의 관념에서 어중간하여 죽기도 그렇고 살기도 그런 반사반생의 중간 상태에 놓여 있었다.

삼식이도, 세빌리아 아저씨도, 아버지도 모두 죽는다는 사실에 머릿속에서 혼동이 일어났다. 죽은, 혹은 죽을지도 모르는 세 사람을 한꺼번에 나의 머릿속에 넣고 순서를 정하면 인간관계상 가장 필요 없는 사람은 당연 세빌리아 아저씨였다. 그러나 아저씨가 죽는다는 사실은 곧, 세빌리아라는 아름다운 이름의 상실이었기에 내게는 동일한 슬픔이었다.

"세빌리아가 무슨 병에 걸렸나…?"

학교에서 돌아온 형이 말했다.

"하긴 병에 걸릴 만도 하지. 그렇게 미친 짓을 해 댔으니 원…."

나의 가슴을 향해 책가방을 집어 던지며 말을 이었다.

나는 형의 말을 외면하고는 어둠이 성글어 가는 하늘을 바라보았다. 근동 모든 가호의 굴뚝에서 흰 연기가 모락모락 피어올랐다.

"너 어디 아프니?"
"…."
"너 또 수박 서리하다 걸렸구나?"
"아니야, 아니란 말이야."

울컥 매운 눈물이 쏟아졌다.

하늘에는 간헐적으로 군데군데 진갈색 구름이 모여들었다. 나는 모이 한 번 쪼고 하늘 한 번 보는 암탉처럼 눈물 한 번 훔쳐 내고 하늘 한 번 바라보고, 그러다 눈물이 멎었다 싶으면 다시 고개를 숙여 억지로 눈물을 짜내고. 이렇게 같은 행동을 이어가며 연방 고개를 자울거렸다.

"그런데 왜 그리 우울하니? 또 울기는 왜 울어. 누가 죽었니…?"

'누가 죽었니?' 하는 형의 말에 갑자기 눈앞이 컴컴해지며 풍각쟁이 귀신이 나타났다. 구름 속으로 아버지와 삼식이 그리고 세빌리아 아저씨가 풍각쟁이 귀신의 손짓에 따라 두둥실 두둥실 흘러갔다. 두둥실! 먹구름 속 풍각쟁이 귀신과 아버지의 모습이 뭉게뭉게 먹구름을 따라 흘러가고, 뒤따라 삼식이 구름이 뭉게뭉게 콧물을 줄줄 흘리며 쫓아갔다. 세빌리아 아저씨의 구름도 두둥실 두둥실 삼식이의 머리통에 포개져 흘러갔다.

선생님이 수업 시간 중에 수업 준비를 안 한 탓으로 땡땡이 삼아 들려주었던 귀신 이야기. 풍각쟁이 귀신은 풍금 소리와 함께 구름을 타고 나타난다는 이야기가 막 어두워지기 시작한 하늘 위에서 위용을 자랑하며 나를 더욱 죽음의 궁지로 몰아갔다.

"세빌리아가 피를 토하더래. 학교 소사 아저씨가 피를 토하는 것을 보고 지서에 신고를 했다지, 아마?"

그러고 보니 모든 사람은 언젠가는 죽었다. 타의에 의해서, 마음 좋기로 최고인 하느님의 지시에 의해 모든 인간은 죽어갔다. 형, 누나, 엄마, 기영이, 명선이, 용자, 명구, 선생님 등, 나를 알고 있는 모든 사람이 죽음이란 문제에서만큼은 배제될 수 없었다. 그러자 다소 공평한 느낌이 들었다.

이미 세 사람은 나의 관념 속에서 죽어 버렸다.

그럼 다음은 형. 아니면 누나. 혹시 나. 그렇지, 나도 언젠가는 죽게 되겠지. 내가 죽는구나. 내가 죽어…. 무섭다. 무서워…. 누구 없나, 나랑 같이 죽을 사람이.

누가 나를 위해 죽어 줄 수 있단 말인가. 그렇지, 형은 분명히 나를 위해 죽어 줄 수 있을 거야.

문득 눈앞의 형이 죽음의 동지로 합당할 것 같아,

"형, 형도 죽어…?"

하고 물었다.

"뭐, 뭐라고…?"

나는 마루 위로 바지를 벗어 던지는 형을 바라보며 나 혼자 죽도록 내버려 두지 말라고 애원하고 싶어졌다. 더불어 같이 죽자는 말도 하고 싶었다.

"살려 줘, 형."
"응? 뭐, 살려 줘? 너 어디 아프니?"

"…."

형이 심히 걱정스럽다는 듯 나의 머리통을 천천히 쓸어내리며 말했다.

"아무 걱정 마. 내가 살려줄 테니."

나는 형이 던지는 위로의 말이 하나도 기쁘지 않았다. 정작 내가 원하는 말은 같이 죽자는 말이었기 때문이다. 어차피 나는 일사병 때문에 곧 죽게 될 것이다. 그러자면 죽는 나를 위해 형은 끈끈한 형제애를 발휘하여 죽음을 선택하는 길뿐이다. 적어도 형이라면 동생을 위하여 한목숨 초개와 같이 버려야 하는 것이다. 물론 나도 지금처럼 절박한 상황에 부닥쳐 형이 죽어 달라고 한다면, 죽어 달라고 한다면…, 죽.어.달.라…?

형이 죽는데 내가 죽는다는 것은, 나 스스로도 아니고 형의 권유 때문에 내가 죽는다…? 그건, 그게, 그러니까 약간의 문제가 있었다. 나는 적어도 그런 무모한 결정을 쉽사리 내릴 수가 없었다. 이유는 말 그대로 무모한 죽음이기 때문이었다.

그렇다면 형은 나를 위해 죽어 줄 수 있겠는가? 그건 당연했다. 말 그대로 형이니까. 형은 언제나 양보하는 미덕으로 살아야 하는 것이라고 늘 아버지가 형에게 가르치지 않았던가. 그러니 형이 아버지에게 효도하는 길은 나를 위해 형이 죽어 주는 길뿐이었다.

14 똥개

 마침내 방학이 끝났는데도 삼식이는 죽지도, 그렇다고 병이 낫지도 않았다. 아마도 조물주 하느님이 '죽일까 말까' 잠시 망설이는 모양이었다.

 학교는 모든 것이 방학 전 그대로였다. 학교 앞의 가로수 나무도, 다리 밑으로 흐르는 냇물도, 문방구 아저씨의 대머리도, 담쟁이, 덩굴장미, 교정 입구 동백나무, 심지어는 담 밑의 개구멍까지도. 그것은 소사 아저씨가 책상에 앉아 매양 그렇듯이 일도 안 하고 코 박고 잠만 쿨쿨 잤다는 증거였다. 어쨌든 지각을 자주 하는 나에게는 좋은 일이었지만.

 학교의 모든 것이 예전 그대로였는데 다만 한 가지 달라진 것이 있었다. 세빌리아 아저씨의 이발소가 문을 닫은 것이었다. 유리문은 붉은색 커튼이 두껍게 드리워져 있었고, 문 입구는 덧문이 엇각으로 채워져 있어 문 안의 개수대조차 보이지 않았다. 지팡이를 휘두르던 세빌리아 아저씨가 감쪽같이 증발해 버린 것이 개학 후 달라진 내용이었다.

들리는 이야기로는 언젠가 형이 말한 대로 피를 토하고 병원에 실려 가서 결국 돌아오지 않았다고 했다. 그렇다면 내가 그동안 마음 졸여 가며 우려했던 두 사람, 세빌리아 아저씨와 삼식이가 일사병에 추풍낙엽처럼 사라져 버렸다는 말이었다.

나는 세빌리아 아저씨와 삼식이가 햇볕과 일사병을 과소평가하여 병에 걸렸다는 사실에 그들의 실수를 재연하지 않기 위해 수건을 뒤집어쓰고 다녔다. 엄마와 아버지 모르게 책가방 속에 수건을 넣어 가지고 다니며 햇볕이 드는 날이면 치뜬 해를 적의에 차 노려보면서, 가방 속에서 수건을 꺼내 독립 운동가 아저씨들처럼 머리통에 질끈 동여맸다.

덕분에 머릿속은 땀과 냄새로 범벅이 되었다. 오만 가지 추레 중 한 가지는 어디로 갔는지 알 길이 없지만, 사만 구천구백구십구 가지 색깔의 썩은 물과 냄새로 변해 줄줄 흘러내려서 숨쉬기조차 힘들었다. 하지만 죽음과는 바꿀 수 없는 일이었다.

게다가 수건을 뒤집어쓴 상태로 명구 아저씨네 수박밭을 기어들어 갔기에 별빛에도, 달빛에도, 모깃불에도 반짝이지 않았던 나는 당당하게 서리한 적이 없다고, 결코 다섯 개 이상은 따지 않았다고 완강하게 반박할 수 있었다.

명구 아저씨도 나의 당당함에 더 이상 어쩌지를 못하고 확실한 물증을 포착하기 위해 수차례에 걸쳐 나를 뒤쫓았지만, 나 또한 매번 빠른 발로 명구 아저씨를 감쪽같이 따돌렸다. 송송송 이 빠진 수박밭을 원두막에서 허탈하게 바라보는 명구 아저씨를 냇가 둑에 앉아서 힐끔거리며 명선이와 나는 낄낄거렸다. 언제나 먹음직스럽고 탐스러운 수박통을 수북이 쌓아 놓고서 말이다.

개학하여 하루 이틀이 후딱 흘러가자 죽느냐 사느냐 결정을 못 내린 채 누워 있기만 하는 삼식이가 그리워졌다. 또한, 삼식이가 죽기 전에 처리할 몇 가지 문제들, 특히 용자와 기영이에 대한 문제를 조속히 매듭지어야 할 것 같았다. 굴뚝 밑에 숨겨 놓은 유리구슬과 딱지를 나에게 양도한다는 유언도 확인해야 할 것 같았고….

"안 돼, 삼식이 병이 낫거든."

나는 계속해서 엄마의 치마폭을 집요하게 붙들고 늘어졌다. 굳이 삼식이를 못 만나게 하는 엄마가 야속하여 눈물이 흐를 지경이었다.

"삼식이에게 병 옮아오면 학교도 못 가고 삼식이처럼 누워 있어야 해."
"금방 갔다 올게요."
"글쎄 안 된다니까."
"…."

그때 아버지가 막걸리에 얼큰하게 취해서 대문으로 들어섰다. 펌프 대 곁의 엄마에게 무언가 들어 있는 종이봉투를 내려놓으며 볼멘 듯 말했다.

"객 귀신 제사상에 무슨 호사好事를 보겠다고 이 같은 정성을 다해 차리누."
"그래도 손孫이 있는데 제사상은 차려야지요."
"엄마, 삼식이네 갔다 올 거다."
"안 돼, 삼식이 병이 낫거든."
"아니, 이놈이. 이제는 그 몹쓸 놈의 고집까지 닮아가네."

아버지가 '고집'이라는 말을 강조하시며 버럭 소리쳤다.

"안 된다. 삼식이는 다음에 만나거라."

아버지가 마루에 엉덩이를 살짝 걸쳤다.

"오늘이 고모 제삿날이다. 그러니 대성이 너는 아무 데도 가지 마라."
"고모 제삿날인데 왜 나가면 안 되누?"

아버지가 재차 버럭 소리쳤다. 엄마가 제기祭器를 펌프 대에서 퍼 올린 물로 정성스레 닦아 내며,

"고모가 널 얼마나 귀여워해 주었는데 그럼 못쓴다."

황성 옛터에 달이 밝아 월색만 고요해….

마루에 자리를 확실하게 정한 아버지가 특유의 걸쭉한 목소리로 노랫가락을 흥얼거리며 나에게 손짓하였다.

아버지 곁으로, 술 냄새와 까칠한 수염 곁으로 다가오라는 것이었다. 비실 허실, 어색한 표정으로 아버지에게 다가갔다. 아버지가 봉창을 뒤적이더니 무언가를 꺼내 들었다.

"자. 사탕이다. 눈깔사탕."
"아부지는 내가 어린앤 줄 아나 봐. 나 이제 눈깔사탕 졸업했어요."
"그래, 우리 대성이가 언제 이렇게 커 버렸지. 그러고 보니 이제는 어린애 티를 말끔하게 벗었구나."

아버지는 덥석 나를 안아 무릎에 앉히고 얼굴을 비벼 대며 혀 꼬부라진 말소리, 아니 슬픈 듯한 목소리로 작게 속삭였다.

"대성아, 다 닮아도 고집은 닮지 마라."
"뭘?"
"응? 고집 말이야."

"아부지 고집?"
"그래…, 누구 고집이든 되지 못한 고집은 절대 닮아서는 안 된다."
"그런데 아버지, 똥개는 어디 갔누?"
"똥개?"

나의 눈을 따라 텅 빈 개집을 쳐다보며 되물었다.

"똥개가 어디에 있는가 하면 말이다…."

아버지가 나의 얼굴에 거친 수염을 비벼 대며 장난스럽게 아이들 말소리를 흉내 내면서 대답하였다.

"바로 요 입 속에 있지."
"…."
"한번 찾아볼래?"

아버지가 입을 쩌억 벌리자 푸, 막걸리 냄새. 풀풀 풍기는 술 냄새가 코끝을 진저리치게 했다.

"엑 퉤퉤, 퉤퉤. 냄새난다."
"고모 안 보고 싶니?"
"아니."

나는 고개를 저었다.

"자식, 이제 많이 컸네."

두툼한 손바닥으로 자꾸 나의 볼을 쓸어 댔다. 아버지의 거친 손길에 스친 볼이 따끔거렸다.

"멍멍이 사 주랴?"

멍멍이 집을 힐끔 쳐다보며 되물었다.

"사 주세요."
"그래, 내일 장에 가서 한 마리 끌고 오자."

아버지는 나의 얼굴에 멎었던 시선을 거두고는 고개를 끄덕였다. 그러고는 한동안 묵묵히 하늘을 쳐다보았다.

하늘은 명구 아저씨네 원두막 위쪽부터 핏줄기 같은 노을이 붉은 잉크처럼 서서히 번져가고 있었다. 우리 집 지붕을 지날 즘에는 더욱 차지게 변하여 온 동네 산등걸이 핏빛이 되었다. 그 핏빛 노을에 아버지의 한숨이 멎어 있었다. 다시 축 처진 어깨를 한참이나 늘어뜨리며 하늘을 바라보던 아버지가 무릎 위의 나를 물리고는 방 안으로 들어갔다. 곧이어 쿵쿵 방바닥을 손바닥으로 쳐 대며 부르는 아버지의 노랫소리가 흥얼흥얼 긴 한숨 소리와 함께 흘러나왔다. 들마루가 묵묵히 아버지의 한숨 소리를 삼켰다. 아버지의 한숨 소리는 온 집안을 적요하게 만들었다.

한숨 쉬는 아버지. 아버지의 그런 슬픈 표정은 생전 처음 목도하는 수상한 광경이었다. 그런 아버지의 슬픔에 엉뚱한 군중심리가 발동하여 공연히 나까지 우울해졌다.

고모 때문이었을까. 일찍 죽었다는 처녀 귀신 고모 때문에.

아니면 멍멍이 때문이었을까.

멍멍이. 비록 있을 땐 온갖 구박을 받았지만, 막상 텅 빈 개집을 보고 있자니 그것도 못 할 노릇이었다. 나도 아버지처럼 마구 슬퍼지려 했다.

나는 마루에서 내려와 마당 펌프 대 옆의 텅 빈 멍멍이 집으로 다가갔다. 고개를 박고 멍멍이 집을 쳐다보자 잔뜩 배어 있던 멍멍이 냄새가 훅하고 콧속으로 빨려들었다. 다 찌그러지고 까맣게 타 버려 부엌에서는 더 이상 쓸 수 없어 멍멍이의 밥그릇이 된 양은 냄비를 심통스레 발로 냅다 걷어찼다.

끄라깡그랑깡그랑깡그랑그랑깡그랑깡그랑깡. 다시 한번, 그랑깡그랑깡그랑깡그랑그랑깡그랑그. 나의 발길에 차인 양은 냄비가 주인 잃은 설움에 겨워 울부짖었다.

아버지도 멍멍이를 불쌍하게 생각하시는가 보다. 그런데 아버지는 멍멍이를 불쌍하게 생각한다면서 왜 다리 밑에서 멍멍이의 목을 매고 일렁거리는 불방망이로 털을 꼬실러서 잡아먹는단 말인가?

산수가, 등식이 성립되지 않는 문제였다. 많은 시간을 허비했지만, 여전히 등식이 성립되지 않았다. 그 바람에 삼식이를 만나야 한다는 사실을 까맣게 잊어버리고 말았다.

그날 밤, 엄마는 손님도 없는 고모의 제사상을 정성스레 준비하면서 토방에 앉아서 한참이나 훌쩍였다. 원래 처녀 귀신들은 제사를 지내지 않지만 어떤 뜻에선지 엄마는 매해 고모의 제사상을 준비했고, 그런 엄마의 정성에 아버지는 다 부질없는 짓이라고 공박을 하면서도 막상 제사상이 차려지면 예를 다해 제사를 지내곤 했다. 그러면 형과 나는 아버지의 감시 아래 얼굴도 기억나지 않는 고모에게 꼬박꼬박 절을 해야 했다.

제사가 막 끝나고 상을 치울 무렵 고모 제사에 모처럼 손님이 왔다. 수박 한 통을 든 명선이가 난데없이 나타났던 것이다.

"엄마가 갖다 드리래요."

"윗마을 명선이구나."

명선이가 수박통을 중간에 먹어치우지도 않고 들고 오다니, 명선이가 수박통을 무시하는 건가. 명선이가 수박통을 무시한다는 것은 곧 나를 무시한다는 뜻인데.

"대성아, 늦었는데 명선이 좀 바래다주고 오렴."

엄마가 명선이에게서 수박통을 받아놓고 제사상에 올렸던 떡과 나물, 밀전병을 종이봉투에 담아 나에게 들려주었다.

"명선이 어머니에게 수박 잘 먹겠다고 말씀 전하고…."
"아니어요, 저 혼자 갈 수 있어요."
"아니다, 늦었는데 대성이랑 같이 가거라."

흐…. 야심한 밤에 명선이와 나란히 밤길을 걷게 되다니. 나는 서둘러 자리를 털고 일어섰다.

"같이 가자, 명선아."

우리는 밤길을 걸었다. 밤하늘은 북두칠성이 국자로 별 가루를 뿌려 대 사금 빛으로 반짝였고, 길옆의 논에서 개구리들이 사금사금 울어댔다. 정말 사금 같은 밤길이었다.

명선이는 앞서 걸어갔다. 나는 종이봉투를 들고 몇 걸음 뒤처져 명선이를 쫓아갔다. 얼마간 그렇게 아무 말 없이 걷기만 하던 명선이가 걸음을 멈추고 잠시 나를 기다렸다. 나는 좀 더 발걸음을 빨리해 거리를 좁혔다. 그러자 명선이는 기다렸다는 듯이 걸음을 빨리해 다시 앞서 걸어갔다. 명선이와 나의 거리가 일정한 간격으로 멀어졌다 가까워졌다 반복되었다. 길옆 가로수 작은 새들이 떼작떼작 모여 앉아 우리의 장난을 흥미롭게 지켜보았다.

어느새 윗마을 고개 근처를 지났다. 그곳엔 상여를 매어 두는 상여막이 있었는데 막 상여막을 지날 때 잠시 거리가 멀어져 있던 명선이가 어렴풋이 사라졌다. 순간 어둠 속에서 산중이 경악할 정도로 명선이가 비명을 질러 댔다.

"아―악!"
"왜? 무슨 일이야."

나는 서둘러 명선이가 있는 곳으로 달려갔다. 명선이는 땅바닥에 주저앉아 무엇엔가 놀란 듯 떨고 있었다.

"저, 저 앞에 있는 상여막으로 사람이 들어갔어."

"뭐? 상, 상여막에 사람이 있다고?"
"무서워. 무서워."

그러면서 명선이가 덥석 나의 가슴으로 안겨 왔다. 마구 두근거리는 나의 가슴으로 명선이의 물컹거리는 살 냄새가 깊게 파고들었다. 심장이 벌렁거려 무서운 줄도 몰랐다.

"아마 잘못 보았을 거야."
"아니야. 틀림없이 사람이 들어갔어."

나는 두근거리는 마음을 진정시키고 상여막에 기웃댔다.

매운 냄새가 바람과 함께 토해졌다. 삐그덕, 덜커덩. 상여막의 흉내만 낸 문짝이 바람의 세기를 이겨 내지 못하고 자지러질 듯 서너 차례 흔들렸다.

다행히 상여막에는 아무도 없었다. 아마 명선이가 들고양이 같은 짐승을 보았거나 짐승 같지 않은 곤충을 보았을 것이다. 두려운 마음으로 다시 한번 찬찬히 상여막을 살펴보았으나 들고양이 같은 짐승도, 사람도, 그 외 어떤 곤충도 없었다.

"봐, 아무것도 없지."

"문밖에서 어떻게 알아? 저 안에 있을지도 몰라. 우리 안에 들어가 볼래?"

명선이가 의외의 용기를 내서 말했다.

젠장, 무시무시한 상여막에 들어가 보자니….

"들어와."

잠시 머뭇대고 있는 사이 명선이가 상여막 문을 벌컥 열고 안으로 들어섰다. 으스스하게 들리는 명선이의 목소리가 상여막 지붕과 서까래의 이음새 부분으로 새어드는 별빛과 어우러져 묘한 분위기를 만들었다.

간덩이가 배 밖으로 나온 건가? 좀 전까지만 해도 그렇게 무서워하더니. 무엇에 홀린 건가?

나는 엉겁결에 명선이를 따라 상여막 안으로 들어갔다.

막상 들어와 보니 상여막 안은 무섭기보다는 안온했다. 서너 평 정도인 상여막 안에는 상여 두 채가 있었고, 칠성판 몇 장과 시신을 염할 때 쓰는 부조물, 그것 말고는 텅 비어 있었다.

명선이와 나는 상여막 안의 여기저기를 훑어보다가 상여 두 채 가운데 마주 서서 달빛에 영등影燈한 꽃상여를 찬찬히 살펴보았다. 꽃은 없었으나 상여 네 귀에 여러 형상의 꽃 그림들이 치장되어 있었다.

"이게 꽃상여구나. 참, 예쁘네."

명선이가 상여를 찬찬히 쓸어내렸다.

"죽은 네 고모도 아마 이런 꽃상여 타고 갔을 거야."
"아니, 우리 고모는 폐병쟁이라서 시립 병원에서 온 영구차에 실려 화장을 했대."
"그럼 묘지도 없니?"
"응, 폐병쟁이는 모두 화장을 해야 한대. 병균이 옮을까 봐."

우리는 상여막을 벗어났다. 명선이는 좀 전처럼 일정한 간격으로 멀리 달아나지 않고 나의 손을 꼭 쥐었다. 어쩜, 명선이의 손은 이다지도 보들보들할까.

멀리 윗마을의 가호들이 심지 타는 냄새를 풍기며 밝아 오고 있었다. 나는 아쉽지만 명선이의 손을 살짝 놓았다.

"이제 혼자 갈 수 있지?"
"응."

명선이는 가늘게 고개를 주억거렸다.

나는 종이봉투를 명선이에게 넘겨주고 뒤돌아섰다.

"그럼, 나 간다."

여름밤, 여기저기 풋풋한 풀 냄새가 달음질치는 나의 발길을 이유 없이 재촉하였다.

명선이를 배웅하고 집으로 돌아오자 아버지는 나와 형을 안방으로 불렀다. 퀴퀴한 연기 가득한 아랫목에서 아버지는 제사상에 있던 술잔을 들어 형과 나에게 가득 따라 주며,

"이 술은 너희 고모 제사상을 잘 차려 주어 음복하라고 따라 주는 거야."

궐련 연기처럼 심란하게 말했다.

사실 나는 고모 얼굴도 제대로 모르는데 술잔을 받을 수 있나? 그래서 머뭇거리자 아버지가,

"김대성, 너는 커서 어떤 사람이 되고 싶으냐?"

난데없이 물었다.

"수박밭 주인이 되고 싶어요."
"허허. 수박밭 주인?
그럼 대규 너는?"
"저는 교수가 되고 싶어요. 음악대학교 교수."
"음악대학교 교수. 다행이구나. 환쟁이가 되지 않겠다고 하니. 하여간 대규는 형이니까 늘 대성이를 보살펴야 한다."
"예."
아버지는 우리에게 술잔을 비우라고 했다. 우리는 마시지 않고 입술만 살짝 적셨다. 와, 이상한 냄새. 짜르르, 심장이 벌렁댔다. 우리는 홍알홍알 술에 취했다. 아버지는 발그레해진 형의 얼굴과 나의 얼굴을 번갈아 보며 무엇이 좋은지 밤 내내 부드러우셨다.

매년 고모 제사에 형과 나는 술을 마셔야 했다.

술은 쓰고 텁텁하고 입술을 적시기만 해도 야릇해지며, 심장이 벌렁댔다. 그래서 고모의 제삿날이 싫다. 술 마시는 날이라서.

술에 취한 그날 밤, 멍멍이가 없는 우리 집은 개 짖는 소리도 들리지 않는 쥐 죽은 듯 고요한 밤이어서 형과 나는 쉽게 잠을 이룰 수가 없었다. 간혹 멀리서 다른 집 개들이 짖는 소리가 들리기도 했다. 밤공기는 우울한 빛을 뿌렸다. 왠지 모를 쓸쓸함이 방 안에 고적하게 깔리면서 형의 눈에서 이슬이 맺히는 것이었다.

"대성아, 멍멍이가 보고 싶니? 고모가 보고 싶니?"
"나는 고모가 어떻게 생겼는지도 모르는데…. 멍멍이가 보고 싶다. 형은?"
"나도. 고모는 미쳐서 날뛰다 죽었거든."
"미쳐?"
"그래, 폐병이 심해져서 그랬대. 불쌍하다고, 모두들 불쌍하다고 그랬어."
울먹울먹 나는 고개를 끄덕였다.

"헌데, 멍멍이는 지금쯤 어디에 있을까?"
"아버지 배 속에."

아버지의 배 속. 형이 멍멍이가 아버지의 배 속에 있다고 말하자 천진하기만 했던 멍멍이가 아버지의 배 속에서 멍멍거렸다.

살려 달라고, 살려 달라고.

말은 천연덕스럽게 했으나 형과 나의 눈가에 동글동글 이슬이 맺혀 호롱불에 반짝였다. 눈물은 이내 이불 위로 한 알 두 알 떨어져 내렸다.

밤새 개꿈, 멍멍이가 꿈에 나타나 자신을 살려 달라고 그랑깡그랑깡그랑깡그랑깡그랑그랑깡그랑깡그랑깡그 부르짖는 통에, 또 고모가 마귀 같은 얼굴로 나타나 술을 마구 권하는 통에 꿈조차 힘겨운 하루였다.

15 장군과 졸개

8월이 끝나갈 무렵, 서늘한 가을바람이 아침저녁 공기 속에 나풀거리더니 그 틈새로 삼식이가 냉큼 끼어들었다. 불굴의 투지로 일사병을 이겨 내고 삼식이가 우리 곁으로 돌아온 것이다. 죽음과의 사투로 약간 마른 것 빼고는 여전히 무당벌레 등딱지 같은 머리통을 흔들며 교실로 들어섰다.

"에구, 이놈. 온몸이 홀쭉이가 되었구나."

긁적긁적, 헤벌쭉 웃는 것으로 삼식이는 선생님과 우리에게 인사를 대신하였다.

"헌데, 다른 곳은 다 살이 빠졌는데 머리통은 그대로네. 도대체 그 머리통에는 뭐가 들었기에 그렇게 대단한 거냐?"

재차 긁적긁적, 에헤헤, 헤벌쭉. 미련하면서도 정다운 표정으로 웃음

짓는 삼식이. 우하하하! 아이들도 배를 잡고 웃어 대고, 삼식이는 뒤통수를 긁적이며 내 옆자리에 앉았다.

울컥, 삼식이를 보자 가슴이 메었다. 죽을 자유마저 없는 삼식이. 나는 삼식이가 살아났기에 삼식이를 통하여 누릴 수 있는 자유와 모든 권리를 동시에 회복했다. 그토록 유혹하는 죽음을 거부하고 나에게 돌아왔다. 그런 삼식이가 대견스러웠다. 죽음을 물리치다니, 나의 졸개로 다시 살아가기 위해.

결국, 그만큼 내가 위대한 인물이란 뜻 아닌가. 형이 가르쳐 준 삼단 논법의 원리를 적용하자면 그 말은 결국 내가 대견하다는 뜻인 것이다. 그러니 내가 장군이 되는 것은 정당화될 수 있었다.

나는 장군처럼 넉넉한 미소로 뜻밖의 전공戰功을 세운 졸개 삼식이에게 물었다.

"이제 괜찮아?"
"응."
"안 아파?"
"응."

다시 한번 흡족한 장군의 음성으로 졸개 삼식이에게 물었다.

"그래도 어디 아픈 곳 있으면 말해 봐."
"없어."

예리한 눈빛으로 삼식이의 머리부터 발끝까지 찬찬히 더듬어 보았다. 혹시라도 일사병 균의 잔재들이 숨어 있을까 봐. 아버지 말처럼 혹 나에게 옮을지도 모르니.

헌데, 이게 웬일인가. 자라날 것 같지 않던 삼식이의 머리카락이 귀밑으로 조금 뻗쳐 있는 게 아닌가. 신기하여 다시금 찬찬히 살폈다. 묵은 좁쌀에 돋아난 새순처럼 미약하기 짝이 없는 머리카락이 부종 자국을 피해 듬성듬성 솟아나 있었다.

"너 머리카락 잘라야겠다."

"이번에도 빡빡으로 자를 거니?"
"응."

나는 장군처럼 다소 긴 문장의 질문을 던지고, 삼식이는 졸개처럼 간단명료하게 대답하였다. 대부분의 졸개들이 그렇듯이 '예, 알겠습니다' 하는 식으로….

삼식이의 머리카락이 뜻밖에도 자라났기에 이제 세빌리아 아저씨의

이발소가 문만 열면 되었다. 하지만 등하굣길에 기웃거려 보아도 이발소는 그대로였다. 가게를 가린 붉은색 커튼이 햇볕에 변색되어 누런 똥색이 되었고, 그의 텃밭은 잡초가 웃자라 무성한 억새와 갈대밭이 되어갔다. 이발소라고 엉성하게 붓으로 휘갈긴 글자도 '이' 자가 떨어지고 '발소'만 남게 되었다.

하루 이틀 시간을 더할수록 나는 작위적인 초조감으로 세빌리아 아저씨를 그리워하였다. 뭔가 채워지지 않은 허무한 마음, 그것은 그리움의 일종이었다.

아이들 중 불특정 다수의 아이는 나처럼 세빌리아 아저씨를 대상으로 궁금해하고 있었다. 궁금증은 그리움의 역설적 반증이다. 그렇다면 그리움이 지나치다 보면 뜻밖에 인기로 급부상할지도 모른다. 인기인이 될지도 모르는 세빌리아 아저씨. 그렇다면 아저씨가 나를 그리워하도록 만들기 위해서는 사전 포석이 필요했다. 그래서 내가 먼저 그를 그리워하기로 하였던 것이다. 내가 그를 그리워함으로써 궁극적으로 그가 나를 그리워할 수 있는 분위기를 만들기 위해, 그런 소기의 목적을 달성하고자 나는 매일같이 세빌리아 아저씨에 대하여 한 번씩, 때로는 두서너 번씩 생각하기로 하였다.

한번은 소나기를 맞으며 제방 둑에 서서 흐느끼던 세빌리아 아저씨의 모습을, 다음 한번은 전나무를 대상으로 두상 사투를 벌이던 모습을, 두

번 이상 생각할 때는 쓸쓸하게 불어오던 가을바람처럼 기름기 없는 눈동자와 지팡이, 굽은 등, 텃밭을 일구던 모습 등을. 하지만 그 모든 것들이 학교 마당에 수북이 쌓인 낙엽처럼 나를 쓸쓸하게 만들었다.

내 마음대로 내가 만든 그리움의 수렁들. 그런 그리움이 마음속에 또 다른 그리움의 수렁을 만들었고, 나는 그 수렁 속에 빠져 허우적거리는 것을 즐겼으며, 다른 한편으로 고뇌하였다.

세빌리아 아저씨, 그는 과연 누구이며 어디서 왔다가 어디로 갔는가? 왔다리 갔다리, 아저씨는 정말 왔다리 갔다리 돌고 돌다 머리가 돈 사람이란 말인가? 의혹만 가득 남긴 채 왔다리 갔다리 하다가 이제 완전히 갔다리로 끝나는 것일까?

이제 여름도 거의 물러갔고 햇볕 또한 여름 햇볕처럼 따갑지 않았기에 나는 머리에 썼던 수건을 벗어 던졌다.

명구 아저씨네 과수원도 과일이 사라지고 잡초만 남았다. 원두막 역시 부서졌다. 명구 아저씨는 별반 하는 일 없이 동네 이곳저곳에서 내기 장기를 두거나 화투를 치는 일로 소일하고 있었다. 아저씨가 장기 패들이나 화투 패들과 어울렸기에 나와는 더 이상의 신경전을 벌일 필요가 없었다. 나는 화투도 못 치고, 장기는 졸장기를 두는 정도의 실력이었기에 이내 신경전 이하의 관심으로 외면하게 되었다.

어느덧 이발소의 유리문에는 '이발'이 떨어져 '소' 한 글자만 남게 되었다. '소'의 의미는 그대로 이발소에 적용되었다. 처마 끝의 물받이나 유리문의 살대 같은 것이 뒤틀리고, 텃밭과 가게 역시 들쥐들이 주인 행세를 하며 드나들었다. 아이들이 버린 휴지와 과자 봉지, 포플러나무의 이파리와 낙엽, 문방구에서 대충 흘러나온 상품 포장지 따위가 불어 대는 바람에 비질하듯 이리저리 몰려다녀 이발소 앞은 더욱 을씨년스러웠다. 커튼도 깨어진 유리창 사이로 스며든 초겨울 바람에 둘둘 말려들어 이제 이발소 앞을 지날 때면 폐허를 보는 것 같았다.

하루하루 어김없이 하루 분량만큼 무너져 가는 이발소의 균열은 곧 나의 그리움이 심장 속이나 핏줄기 속에 소금기 같은 형용으로 끈적끈적 쌓여 가고 있음을 알 수 있었다.

16 구렁이

 시간은 금방 한 계절을 삼키고 겨울로 접어들었다. 세월이 무상하다고 말하고 싶었으나 어린 내가 그런 말을 한다면 핀잔을 들을 게 당연하였으므로 그런 말을 할까 말까 고민을 하던 중 세월이 무상하게 흘러 어느덧 겨울의 중반이 되었다.

 겨울 방학과 크리스마스가 얼마 남지 않은 어느 날 밤부터, 교회 철탑의 십자가가 빨간 불을 지펴 댔고, 하느님은 옥수수빵이나 눈깔사탕, 개떡 같은 것으로 우리를 유혹했다. 하지만 하느님보다 더욱 나를 유혹하는 것은 세빌리아 아저씨의 이발소였다. 징그럽다고 징글징글 벨이 울리는 크리스마스이브에 나는 주인도 없는 이발소에 삼식이와 함께 숨어들었다.

 흉흉한 폐허 더미 같은 가게에서 세빌리아 아저씨에 관한 그 어떤 흔적이라도 찾아내고 싶었다. 숱한 의문들을 언제까지나 가슴속에만 담아 둘 수는 없는 노릇이었다. 보리개떡, 옥수수빵보다 더한 나의 호기심이

용납하지 않았던 것이다.

가벼운 겨울바람이 달빛 사이로 삭막하게 불어왔다. 가로수 길은 무덤 같았다. 무덤 같은 가로수 길에서 삼식이는 빛나는 머리통을 흔들거나 좌우를 살피면서 나를 따라왔다. 고뿔에 걸린 삼식이가 연신 훌쩍거렸다.

삼식이는 이발소에 도착하여 늘 그렇듯 좌우 동태 살피기에 여념이 없었다. 나는 그런 삼식이에게 손짓을 하였다.

"됐다. 아무도 없어."

여름철 내내 길들어 있던, 남의 눈을 의식하는 습관에 어느덧 우리는 이골이 나 있던 것이다. 아무도 없었지만 본능적으로 발소리를 죽여 가게의 깨진 유리창 사이로 작은 몸을 더욱 조그맣게 말아 안으로 들어갔다.

나무 의자 몇 개, 깨어진 유리 거울, 바람에 흔들리는 커튼, 먼지가 앉은 개수대, 개수대 위에 또 따른 모습의 먼지 군단, 그것이 전부였다.

열심히 달려서, 조심조심 좌우를 살펴서, 최대한 몸을 줄여서 가게로 숨어들었건만 가게 안은 볼만한 것이 없었다. 그저 먼지와 먼지로 뒤덮인 이발 용구, 먼지와 먼지로 얼룩진 공허뿐이었다.

나는 허탈한 심정으로 가게에 뒹구는 의자를 끌어당겨 의자 위의 쥐똥을 털어 내고 자리에 앉았다. 삼식이도 나를 따라 나무 의자를 끌어당겼다. 끼이익. 낡은 의자 다리가 바닥을 마찰시키며 고막을 찢을 듯한 소리를 냈다. 순간 머리칼이 쭈뼛 솟아올랐다. 숨소리를 가만히 모으고 주위를 살펴보았다. 간헐적으로 끼어드는 달빛과 우리의 발길에 차인 먼지 군단, 그 모든 것이 이질異質스러운 피부처럼 몸에 달라붙어 터벅거렸다.

"야, 살살해."
"알았어."

삼식이가 의자에 앉는 순간, 철퍼덕 소리와 함께 '어이쿠!' 하며 바닥에 나뒹굴었다. 곧이어 쿵! 삼식이 머리통이 깨지는지 아니면 흙벽이 무너지는지 모를 비명 소리가 울려 퍼졌다.

"어디 다쳤니?"
"아니야, 괜찮아…."
"너 말고 벽 말이야."
"벽?"
"벽은 안 무너졌어?"
"응. 별 이상 없어. 약간 금이 간 것 같긴 한데… 근데 이리 와 봐."

어느 구석인지 삼식이가 어둠 속에서 호빵처럼 몸을 부풀리며 말했다.

"무슨 문이 있어."
"문?"
"이쪽으로 무슨 문이 나 있어."

나는 천천히 다가섰다. 문이 있었다.

가게 안의 이곳저곳을 둘러보아도 호기심을 충족시킬 만한 마땅한 볼거리가 없다고 판단되자, 가게와 안채를 이어 주는 방문의 문고리를 손에 움켜쥐고는 열까 말까 망설이게 되었다.

문이 열림과 동시에 괴물이나 무시무시한 무엇이 뛰쳐나올 것만 같아 손끝에서 영 당겨지질 않았다. 어쩌면 세빌리아 아저씨가 고개를 떨구며 흐느끼고 있을 것만 같기도 하였고.

"대성아, 그냥 가자. 너무 늦었어."
"이 안쪽에 분명히 뭐가 있을 거야."

엉성한 목수가 엉성하도록 대충 만든 엉성한 문이었다. 얇은 소나무 송판을 세 겹으로 해서 테두리를 만든 다음, 원형의 쇠 장식을 대고 못으로 얼기설기 봉침한, 문 같지도 않은 엉성한 문짝이었다. 하지만 마음

속에 불안이 실렸기에 무척 무겁게 느껴졌다. 삼식이가 내 곁으로 바싹 붙어 섰다. 이발소 뒤곁의 달빛이 얼기설기 엮인 송판 문틈 사이로 희미하게 새어 나왔다. 희미한 달빛은 칼에 베인 상처 자국처럼 흉물스럽게 얼룩진 의자와 유리 거울을 비추고 있었다.

나는 서서히 문고리에 힘을 주었다.

"안에 뭐가 있을까?"
"세빌리아 아저씨의 모든 것이…. 아마 방일 거야. 잠을 자던 곳이니 그의 모든 것이 있을 거야."
"이 문을 열면 방 안이야?"
"글쎄, 아마 그럴 거야…."
"…."

몸을 줄여 가게에 들어올 때만 해도 아무런 거리낌이 없었으나, 막상 가게 안을 훑고 있는 균종투성이 살풍경과 달빛에 농락당한 사물들이 어슴푸레 사선을 그어 대며 일렁이는 위세에 더럭 무섬증이 일었다.

문을 열까 말까. 마음속이 수차 간사를 부렸다.

"대성아, 그냥 가자…. 아니, 그냥 열어 봐. 아니다, 그냥 가자."

삼식이도 불안한 듯 마음의 동요를 떨리는 음성으로 작게 내뱉었다.

창문의 살대 밖으로 학교 담과 중학교 진입로가 달빛 아래 희미한 어둠과 고요 속에 서 있었다. 그런 어둡고 희미한 고요는 우리를 더욱 경계하게 만들었다.

"가, 가기는. 문만 열면 다 알 수 있는데…."

더 이상 지체할 수 없을 정도로 불안의 강도는 더욱 깊어 갔다. 손끝이 덜덜 떨려 왔으므로 불안을 모면키 위해서 이판사판 육판으로 문고리에 힘을 주고 잡아당겨야 하였다.

손끝에 힘을 주고 잡아당기려다, 다시 주춤하였다. 손끝의 힘이 빠져 버려 도저히 힘이 쥐어지지 않았다. 고민도 잠시, '삐거덕- 까… 르… 르…' 문소리가 혼음(魂音)을 가르는가 싶더니 갑자기 등 뒤쪽의 창틈으로 바람이 밀물처럼 파고들어 왔다. 그러고는 미끈대는 손에 쥐어진 문짝을 둔중하게 때렸다. 순간, 문고리는 손안에서 허방, 힘이 느슨해지며 기름쟁이처럼 미끄러지듯 빠져나갔다. 문짝의 중심이 휘청하고 무너졌다. 경직된 몸 곳곳에서 소름이 생선 비늘처럼 솟아올랐다. 황금박쥐 뼈다귀처럼 갈비 몇 대가 심장을 톡톡 찔러 댔다. 휴. 한숨을 내쉬며 고개를 숙였다.

하지만 미처 정신을 수습할 틈도 없이 '텅!' 소리를 내며 맞바람을 받은 문짝이 안쪽으로 활짝 거침없이 밀려났다. 그 바람에 우리 앞에서 방 안의 사물들이 뼈 매듭 절구는 소리를 내며 우두둑 떨어졌다.

방 안은 쪽창으로 스며든 달빛에 의해 알몸 그대로 노출되었다. 삼식이와 나는 서로의 얼굴을 바라보며 싱거운 미소를 주고받았다. 아무것도 아닌 눈앞의 상황이 너무도 싱거웠기에, 엄청난 무언가를 기대했던 우리의 마음을 들켜 버린 허탈감이었다.

"방에 들어가 보자."

삼식이가 용기를 얻었는지 가슴을 펴고 방을 잇는 문턱으로 성큼 올라섰다. 나도 삼식이의 발길을 따라 올라섰다.

방 안은 큼큼하고 썩은 달걀 냄새가 났다. 방의 넓이는 밖에서 가늠해 보았던 것보다 다소 넓었다. 작은 창문이 내川와 마주 보이게 나 있었고, 냇가로 통하는 쪽문 하나가 가게를 이어 주는 문과 똑같은 크기와 재질로 만들어져 붙어 있었다. 여기저기 시선을 던져 보았으나 방 안 역시 볼만한 것은 없었다. 커다란 이불이 세빌리아 아저씨가 깔아 놓은 듯 방의 절반을 차지한 채 그대로 널려 있을 뿐이었다.

나는 창문턱에 팔뚝을 걸치고 그 위에 목을 괴고는 내川 쪽을 바라보았다. 멀리 농협 저장고, 임협 시험장, 교회의 철탑, 자갈밭, 정미소의 양철 지붕, 그 옆으로는 대나무밭과 냇물이 어둠 속에서도 달빛으로 벗겨진 시야에 의해 탁 트이게 들어왔다. 방 안에서 바라본 바깥의 전망은 꽤 좋은 편이었다.

"야, 대성아. 이리 와 봐."

장롱을 뒤적거리던 삼식이가 나를 불렀다.

"그림이야. 이거 아기 같은데…."
"뭐? 그림?"

살아서 숨을 쉬는 듯한 갓난아이를 그린 동화童畵였다. 보드라운 살결의 체취가 느껴질 만큼 콧등의 솜털까지도 세세히 그린 아이의 그림이었다. 그림을 펼치는 순간 방 안의 달빛은 향기로운 향기를 가진 요정으로 변하여 아이의 핏줄로 일제히 스며들었다. 달빛이 혈맥을 만들고, 나의 눈이 아이의 눈, 코, 입과 감각기의 순환구를 관통하여 생명을 불어넣자 아이는 살아나려는 듯 진저리를 쳤다.

나는 평화로운 눈길로 아이를 바라보았다. 이마는 넓고 윤기가 흘렀고, 땀이 송골송골 맺힌 것 같은 건강함이 느껴졌다. 눈썹은 진하고 검게, 눈썹 사이사이에 있는 엷은 주름은 흐르는 핏줄기의 유동을 느낄 수 있을 만큼 한 올 한 올 세세히 그려져 있었다. 전체적으로 관용과 풍요로움이 흘러넘쳤다. 눈동자는 세상의 모든 것을 포용하고, 어느 한쪽으로도 치우치지 않는 자애와 사랑이 흘러넘쳤다. 콧등에는 얼굴의 중심을 지탱하는 강인한 건강이, 입가에는 살아서 숨을 쉬는 듯 따스한 입김이 흘러나왔다. 턱을 지나 약간 도톰한 가슴은 넉넉한 여유와 용서를 만들었고, 그 모든 수사修飾語의 절정인 머리에는 차르르 윤기가 가득하였다.

아이의 그림은 당시 나의 눈으로는 평가할 수 없었을 만큼 성스러움과 신비로움, 신성함, 천진스러움… 등, 세상에서 최고인 모든 것들이 표현되어 있었다.

그림을 들고 창문에 붙여 형용形容하자, 별빛에 비친 아이는 웃음과 향기와 믿음과 용서와 관용과 인내와 그 밖의 세상 모든 것에 대해 말하려는 듯 연신 꼼지락댔다.

"으아악!"

한참을 그림에 취해 혼미하게 정신을 놓고 있을 때 갑자기 삼식이가 고막을 찢을 듯한 비명을 질렀다.

"으악!"

"왜 그래 삼식아?"

"구… 구렁이다! 대성아, 이불 속에 구렁이가 있어."

나의 손에서 동화童畫가 떨어져 나가며 차디찬 공포가 동화에 취한 감정 사이로 스며들었다.

"뭐? 구렁이?"

구렁이였다. 이불 속에 동그랗게 말려 있는 황색 구렁이.

구릿빛 몸통으로 구릿빛 기름기가 달빛에 흉물스럽게 타오르며 번들거렸다. 몸길이가 얼핏 보아도 삼식이의 키보다 길어 보였다. 하지만 이불 속에 웅크리고만 있을 뿐 별다른 적의는 보이지 않았다.

삼식이는 동그랗게 치뜬 눈으로 벽에 납작하게 붙어 섰다. 나는 방 안을 뒤져 나무 꼬챙이를 찾아 들고 조심스럽게 이불 속을 들썩여 보았다. 그러나 구렁이는 좀처럼 꼼짝하려 들지 않았다. 오히려 이불 속으로 더욱 파고들 뿐이었다. 나는 구렁이가 저항을 하지 않자 좀 전의 공포를 잊어버리고 용기를 내 다시 한번 나무 꼬챙이로 들쑤셔 댔다. 구렁이가 약간 움찔하였다. 좀 더 심하게 이불 속을 쑤셔 대자 대가리 부분부터 서서히 이불 속에서 빠져 나왔다. 눈빛은 달빛에 역반사되어 서광으로 굴절되었고, 적의를 가득 품은 채 대가리를 비스듬히 세웠다. 순간 입 속이 타들어 가며 으스스 머리칼이 쭈뼛해지고 다리가 후들후들거렸다.

"대성아, 대성아, 하지 마. 물리면 어쩌려고 그래."

삼식이는 부들부들 떨면서 눈을 부릅뜨고 이불 속에서 느릿느릿 빠져나와 냇가를 향한 쪽문 쪽으로 기어가는 팔뚝만 한 구렁이를 쳐다보고만 있었다.

"물지는 않을 거야. 구렁이는 사람을 물지 않는다고 했어."

달빛에 비친 구렁이의 얼룩덜룩한 몸통은 기름통 속에서 방금 빠져나온 것처럼 반질거렸으며, 하얀 수증기를 뿜어냈다. 족히 보아도 몸길이가 삼식이와 내 키를 합한 것만큼 길었고, 족히 안 보아도 삼식이와 나와 그리고 삼식이의 머리통을 합한 것만큼 길어 보였다. 몸통 둘레도 삼식이의 머리통에 버금갈 정도로 굵었다.

구렁이가 빠져나가자 공포도 차츰 사라졌다. 삼식이도 처음같이 겁에 질려 하는 것 같지 않았다. 하지만 김이 새 버려 세빌리아 아저씨의 방을 더 이상 수색하고 싶지 않았다. 마땅하게 볼 것도 없었고. 그래서 구렁이가 빠져나간 뒷문을 통해 세빌리아 아저씨의 이발소를 벗어났다. 구렁이는 대나무 숲 쪽으로 느릿느릿 기어서 사라졌다.

막 골조의 뼈대가 층층 솟아오르는 농협 창고를 지날 즈음, 대숲 쪽에서 우어우어하는 구렁이의 울음소리가 들려왔다. 그 소리는 마치 흐느끼는 세빌리아 아저씨의 울음소리와 비슷하였다.

세빌리아 아저씨와 그림 속의 아이는 무슨 관계가 있는 것일까? 구렁이는 왜 세빌리아 아저씨의 방에서 나온 것일까?

언젠가 삼식이 할아버지의 묘에서 구렁이가 나왔을 때, 동네 사람들은 그게 삼식이 할아버지라고 수군거렸는데. 그렇다면 세빌리아 아저씨가 죽어서 구렁이가 된 걸까?

집으로 돌아온 후 나는 세빌리아 아저씨의 방에서 본 아이의 그림과 구렁이에 대한 생각에 골몰하였다.

사람이 죽으면 전부 징그러운 구렁이가 되는 걸까? 나도 죽으면 구렁이가, 그 징그러운 구렁이가 되는 걸까? 만약 삼식이가 구렁이가 된다면 그 구렁이의 머리통에는 기계충 자국이 있을까 없을까?

하여간 구렁이와 세빌리아 아저씨는 묘하게 울음소리도 비슷하였다. 그렇다면 정말 세빌리아 아저씨가 죽어서 구렁이가 되었는지도 모른다.

결국 세빌리아 아저씨가 죽었구나. 일사병을 이겨 내지 못하고 그 지굿지굿한 일사병 때문에, 결국은 죽었구나.

 구렁이로 시작된 고민이 일사병까지 급진전하자 어느새 바깥은 닭이 울어 새벽을 알렸다. 나는 일사병에 대한 고민을 더 이상 진전시키지 않으려고 혼신을 다해 잠들어 버렸다.

17 구렁이 포획전

삼식이가 동네 아이들에게 세빌리아 아저씨의 이발소에서 나온 구렁이에 대하여 절대 비밀로 하자고 한 약속까지 상세하게 소문을 내자 아이들은 하나같이 대숲으로 몰려가 구렁이를 잡으려고 난리를 쳤다.

명구는 밤이 무섭다고, 아버지 보신용으로 구렁이가 꼭 필요하다는 자기 엄마의 말에 거품을 물고 '효도는 만대 근본'이라고 외치며 포획 작전에 참여했으며, 용자는 술을 담가 두었다가 한 이십 년 후에 꺼내어 삼식이에게 먹이겠다고 '열부전' 운운하며 선봉의 대열에 참여했다. 명선이는 어중이떠중이로 잡으면 좋고 못 잡으면 징그러운 구렁이를 보지 않아 더 좋고, 하며 따라다녔다. 일학년, 이학년, 삼학년…, 중학생 형들까지. 단체로, 무더기로, 떼거지로, 어거지로 모두 호기심이 동하여 몰려들었다.

대숲 사이 바위에서 잔돌멩이까지 뒤적거리더니, 나중에는 웅덩이부터 시작해서 냇물과 통하는 하천의 지류까지 모두 다 뒤집어 놓고, 뒤집어 놓은 것을 다시 뒤집어 모로 세워 놓고, 까발려 놓은 것 홀딱 벗겨 놓고, 여기에 있을 것 같다 하면 여기로 우르르, 저기에 있을 것 같다 하면 저기로 우르르 몰려다녔다. 아이들은 우왕좌왕 산으로 들로, 들에서 다시 들판으로, 논으로, 밭으로 구렁이를 잡겠다고, 구렁이야 어디에 있느냐고 발정 난 고양이처럼 싸돌아다녔다. 하지만 구렁이는 잡을 수 없었다.

 온 대숲을 이 잡듯 뒤졌어도, 온 산의 이 잡은 곳까지 다시 잡아 가며 뒤져도 구렁이는 없었다. 구렁이 새끼도 없었으며, 구렁이 알도 없었다. 그러나 여전히 구렁이의 울음소리는 어디서 들려오는지 그치질 않았다. 비가 오는 밤이면 더욱더 구슬프게 우어우어하며 우는 것이었다.

 그래서 아이들은 단념하지 못하고 울음소리를 따라 이리저리 저리이리 이저리저저리, 온 동네 아이들이 파도치고, 온 동네 아이들이 방정을 부렸다. 하지만 어른들은 화투를 치느라, 장기를 두느라, 막걸리를 마시느라 아이들이 왜 추운 겨울에 무모하게도 여름에 즐겨야 할 파도를 치고 방정을 부리는지 눈치를 못 챘다. 하기는 자신들도 노름을 하느라 방정을 부렸고, 막걸리를 마시느라 방정을 부렸기에 아이들의 미미한 방정은 그저 장기판의 졸로 본 것이다. 그저 "허어, 저놈들이 비 맞은 중놈처럼 왜 저리 싸돌아 치누?" 하는 정도였다.

 이발소는 문방구점 대머리 아저씨가 가위로 송판을 지그재그로 잘라

봉해 버렸다. 아이들이 하도 들락거려 시끄러웠기 때문이었다. 이제 그곳이 이발소였다는 걸 말해 주는 글씨도 다 떨어져 깨진 유리 잔해만이 어지럽게 널려 있었다. 폐가처럼 무너지기 일보 직전이었다. 어쩌다 그곳을 볼 때면 흉물스럽고 무섭기까지 하였다.

세빌리아 아저씨는 정말 죽어서 구렁이가 되었을까?

아저씨의 손이나 몸을, 아니면 말 한마디 나누어 본 적도 없는데 왜 이리 아저씨가 보고 싶단 말인가.

"세빌리아가 죽었나 보다…."

형이 학교에 돌아오자마자 나에게 묻지도 않은 세빌리아 아저씨의 소식을 전했다.

"누가 그라는데…? 형이 봤어?"
"여름에 피를 토해서 병원에 실려 갔잖아. 그런데 오늘 연락이 왔대."
"연락이…? 누구한테? 아버지가 말했잖아. 자신이 본 사실만 말하라고…."

마치 형이 세빌리아 아저씨가 죽도록 방치하기라도 했다는 듯 속사포처럼 퍼부어 댔다.

"학교 소사 아저씨가 연락을 받았대."
"그래…."

옷깃으로 오스스 한기가 스며들었다.

역시 세빌리아 아저씨는 일사병을 이겨 내지 못했구나. 삼식이도 이겨 냈는데. 어른이 되어서 왜 그리 나약하단 말인가. 그렇다면 이발소 방의 구렁이는 세빌리아 아저씨가 틀림없겠구나.

"아이들이 구렁이를 잡겠다고 온통 난리더라. 우리 반 아이들도 구렁이를 잡겠다고 벼르고 있어. 그래서 그걸 읍내 뱀탕집에 팔아 한밑천 챙기겠다는 거야."

아저씨는 온통 의문투성이로 나에게 왔다가 소리 없이 사라져 갔다. 아이들을 괴롭히는 못된 짓만 일삼다가 못된 사람이라는 오명만 남긴 채 더없이 징그럽고 흉물스러운 구렁이로 다시 태어났다. 그게 원통하고 속상해 구렁이로 다시 나타난 걸까?

"구렁이는 보약이 된다구."
"보약?"
"그래, 구렁이는 영물靈物이거든. 그러니 잘 먹으면 보약이 된다는 거야."

영물, 구렁이가 영물이라는 형의 말을 듣는 순간 나는 머릿속이 복잡해지기 시작했다. 복잡함은 점점 머릿속 세포 사이에 엉키기 시작하여 나중에는 걷잡을 수 없이 엉키고 엉켜 눌어붙었다. 구렁이의 적의에 찬 모습이 나의 눈앞으로 꿈틀꿈틀 비껴 지나가고, 그 뒤를 따라 아저씨가 모습을 드러냈다.

"영물이라니…?"
"모두들 세빌리아라는 거야."
"…."
"세빌리아가 죽어서 환생한 거래."
"…."
"대개 사람들이 죽으면 생전에 자신이 지은 죄대로 다른 모습으로 환생을 한대. 아마 세빌리아는 지은 죄가 커서 구렁이로 다시 태어났을지도 몰라."
"그런데 그게 무슨 보약이 된다는 거야?"
"문둥병이나 폐병, 간질병같이 주로 불치병에 걸린 사람이 환생한 구렁이를 푹 고아서 그 국물을 먹으면 낫는다고들 하지. 어른들이 기가 빠질 때도 좋고. 특히 소아마비 아이들에게는 즉효라는 거야."

형은 귀동냥으로 들은 구렁이에 대한 이야기를 검증되지 않은 무식한 처방까지 더하여 들려주었다. 나는 형의 이야기를 들으면서 무식한 처방에 관한 이야기일망정 그런 무식한 것에 사람들이 지대한 관심을 가지고 구렁이를 잡으려고 애쓴다면 언젠가는 구렁이가 잡히지나 않을까 걱정이 앞섰다. 기가 빠진 어른, 문둥이, 폐병쟁이, 소아마비를 앓는 사람들이 삼식이를 비롯하여 동네에 여럿이 있었기에….

그리고 곧 그 같은 우려는 현실로 나타났다. 모두들 잡으려고 무진 애를 써도 잡히지 않았던 구렁이가 겨울 방학을 얼마 안 남긴 어느 날 잡히고 말았다. 대나무밭에 있는 오소리 굴속에 숨어 있다가 집요하게 추적하는 명구의 손에 의해 체포되고 말았던 것이다.

깡깡하게 얼어붙은 운동장에서 여러 아이들이 모여 구렁이를, 추위에 떨고 있는 구렁이를 신기한 눈으로 쳐다보고 있었다. 구렁이는 기어 다니지도 못하고 그냥 동그랗게 말려 있었다. 꼭 기영이가 쪼그리고 앉아 누었던 똥처럼….

한껏 폼을 잡고 명구는 기다란 작대기로 연신 구렁이의 입술 주변을 꾹꾹 찔러 댔다. 구렁이의 입에서 거품이 부글부글 일었다. 거품은 끈끈하고 누런 점액질의 액체가 되었다. 구렁이의 눈에서도 마치 눈물 같은 액체가 기화되었다. 쳐다보고 있는 아이들이 눈을 찡그렸다.

"그만해. 죽겠다야…. 쯧쯧."

아이들 중 누군가가 혀를 찼다.

"안 죽어. 구렁이는 몇백 년 정도는 아무렇지 않게 살 수 있다고 했어. 이놈은 징그러운 만큼 생명력도 길다고 했어."

명구는 또다시 작대기 끝으로 구렁이 몸통을 꾹꾹 찔렀다. 순간 구렁이가 모가지를 치켜세우며 본능적으로 움찔거렸다. 그러자 '아!' 하는 탄성을 지르며 아이들은 주춤주춤 뒤로 물러났다. 나는 아이들 속을 헤집고 앞으로 나아갔다.

"야, 이 새끼. 겨울이라 힘을 못 쓰나 봐."

명구는 더욱 득의에 찬 눈으로 아이들을 쳐다보며 어깨를 으쓱거렸다. 얼굴에는 큰일을 해냈다는 양양함으로 가득하였다. 그러나 구렁이는 처참한 몰골이었다. 꿈틀꿈틀, 눈물 같은 물기가 흡사 식은땀처럼 동글동글 흘러 맺혔으며, 그것들이 더욱더 춥게 보였다.

"어디서 잡았누?"
"오소리 굴에서. 지독한 놈, 안 나오려는 것을 불을 피웠더니 그제야 기어 나오더라구."

또다시 명구의 작대기는 구렁이의 치켜든 모가지를 조준하였다. 그러자 구렁이는 목을 떨구고는 아주 작게 똬리를 말았다. 점점 더 작게 몸통이 오그라들었다. 명구의 작대기가 구렁이를 향해 날아가려는 순간, 나는 명구의 작대기를 제지하고 나섰다.

"명구야, 보내 줘…."

왜 그랬는지. 아마도 추위에 구렁이가 너무나 떨고 있었기에, 그래서 막연히 동정심이 일었던 것 같다. 구렁이가 징그럽기보다는 오히려 불쌍했다. 마치 울고 있는 세빌리아 아저씨를 보는 것처럼. 어쩌면 구렁이는 세빌리아 아저씨인지도 몰랐다. 나의 의식 속에서 불쌍, 측은, 가련 같은 단어들의 의미는 곧 세빌리아 아저씨였기 때문에….

명구가 고개를 돌려 생동하니 나의 얼굴을 쳐다보았다.

"불쌍하잖아…. 저것 봐. 추워서 떨고 있어…."

물끄러미 나의 얼굴을 쳐다보더니 명구는 다시 고개를 돌려 구렁이의 돌돌 말린 모습을 힐끔 보았다.

"그래, 보내 줘라…."

삼식이가 거들고 나섰다.

"너희들 왜 그래? 저건 구렁이야!"

구렁이, 명구가 구렁이라고 크게 말하자 순간, 나의 목소리가 명구의 목소리만큼 높아졌다.

"아냐, 세빌리아 아저씨야. 사람이라고…."

그러고는 미친 듯이 달려 그 자리를 벗어났다. 아이들이 웅성거렸다. 눈물이 얼어붙은 양 볼로 터진 수도꼭지처럼 퍽퍽 흘러내렸다. 얼마나 울었는지 집에 도착하자 코가 맹맹할 정도였다.

"왜 그러니?"

"…."

"어디 다친 거니?"

"아, 아니요. 괜찮아요."

"그런데 왜 우는 거니?"

"그냥요."

엄마가 거듭 물었으나 나는 코도 못 푼 채 방으로 달려 들어갔다. 그러고는 이불을 푹 뒤집어쓰고 엉엉 소리 내어 울었다. 세빌리아 아저씨, 그 슬픈 눈, 죽음, 구렁이, 하모니카. 그 모든 것들이 눈을 찔러 대 눈물은 마르지 않고 샘물처럼 흘러내렸다.

그날 저녁 삼식이는 명구가 구렁이를 죽이지 않았으니 그만 울음을 그치라고 하였다. 구렁이는 아주 느릿느릿, 사력을 다해 학교 담을 타고 대숲으로 사라져 갔다고 했다. 그래서 저녁부터 눈물은 그만 흘러나왔다.

18 세빌리아 아저씨

어느덧 우리는 5학년이 되었다.

예전과 다름없이 싱그러운 여름이 왔다. 예전과 달라진 것은 우리 마을에 전기가 들어왔다는 사실이다. 전봇대가 가로수 길 사이로 가지 없는 가로수처럼 첩첩이 늘어서서 가로수 길은 빼곡해졌다.

전기가 들어온 우리 마을은 연일 띵까띵까 잔치가 벌어졌다. 송전은 옆 동네 해리海里보다 이 년 늦어졌지만, 해리보다 이 년 정도 더 기다린 만큼 기쁨도 이 년 정도 더 누릴 수 있었다. 마을 어른들은 기회는 이때다 싶게 환한 불빛 아래 모여든 나방처럼 송전 기념으로 화투를 치고, 막걸리를 마시고, 전기 개통 기념으로 힘자랑 씨름판을 벌였다. 면 대항 씨름대회가 열렸으며, 면민 위로 잔치도 연일 벌어졌다. 도대체 뭘 위로 하자는 것인지.

국회의원 후보들이 고무신을 신자고 집집이 고무신을 돌렸고, 결국 고무신을 얻은 사람들은 고무신을 돌린 후보에게 고무신짝만큼 표를 주어 고무신 국회의원을 선출하였다. 이율배반. 정작 고무신 국회의원은 고무신을 헌신짝처럼 내던지고 구두를 신고 국회로 나갔다.

그러거나 말거나 어두우면 일찍 잤던 사람들이 환해서 잘 수 없다며, 벌건 대낮 같아 절대 잘 수 없다며, 밤을 낮 삼아 보냈다. 전깃불은 좋았으나 우리 동네 어른들의 정서를 뒤바꾸어 놓으며, 평지풍파의 불만 밝혀놓고 있었다. 환해졌기에 남을 엿보게 되고, 환해졌기에 감추어야 했다. 비밀이 늘어났으며, 그래서 억측이 난무하고, 억측은 곧잘 이웃 간에 폭력으로 비화되었다.

나는 여전히 그림을 잘 그려 봄에 열린 경시대회에서 연필 한 다스와 공책 두 권이 부상인 상장만 큼지막한 대상을 받았다.

형은 고등학생이 되어 누나가 있는 읍에 나가 살았다. 엄마는 그런 형을 위해 주일에 한 번씩 마른반찬과 김치 등을 날라 주었다.

나의 영원한 졸개 삼식이는 읍에서 가끔 들르는 형으로부터 '김일'이라는 레슬링 선수의 이야기를 듣게 되었다.

"삼식아, 공부 못한다고 실망할 것 없다. 읍내 양조장에 있는 텔레비전에서 보았는데, 박치기 하나로 먹고사는 사람이 있더라. '김일'이라는 사람인데, 너도 지금부터 박치기를 연마하면 그 사람 못지않은 훌륭한 사람이 될 거야."

마지막에 "될 거야" 하는 형의 말을 삼식이는 '된다'로 믿어 버렸다. 형의 평소 대화습관을 잘 아는 나는, — 삼식이는 '김일' 같은 레슬링 선수가 절대 되지 못할 거야 — 라는 뜻으로 형의 말을 똑똑하게 해석할 수 있었는데, 형은 그저 삼식이에게 삼식이보다 더 머리통이 단단한 사람이 있다는 이야기를 했을 뿐이었는데, 불행하게도 삼식이는 공갈 때리는 형의 말을 그대로 믿어 버렸다.

어쨌든 그 후 삼식이는 더욱 머리통을 갈고닦는 일에 몰두하였다. 또한, 그 갈고닦은 솜씨를 자랑하고 싶어 안달하였다. 조금씩 더 단단해져 가는 머리통으로 더욱더 단단해지는 훈련에 몰두하여 엄청나게 단단해진 머리통으로 대단히 단단한 것들을 부수어 댔다. 돌멩이, 임업 시험장 공사판에서 흘러나온 붉은 벽돌, 팽나무 송판 등등.

우와! 짝짝짝.

삼식이는 아이들이 빙 둘러앉은 운동장에서 머리통으로 돌도 부수고, 벽돌도 깨고, 나무판도 쪼개고, 머리통을 곤추세워 물구나무도 서고, 머리통으로 할 수 있는 기이한 묘기를 개발하여 아이들에게 보여줌으로써 아이들의 저의 있는 찬사를 한 몸에 받았다. 그는 그것을 기뻐하였다.

레슬링 선수가 될 수 있다는 기대. 또 자신도 한 가지쯤은 잘하는 것이 있다는 것을 아이들에게 자랑하고 싶어 무모한 짓거리를 서슴지 않았다.

"야! 삼식아, 다시 한번 해 봐라."
"야! 삼식아, 그건 너무 작다."
"더 큰 것을 깨 봐라."

더욱 큰 돌멩이가 삼식이를 질리게 하였다. 그러나 삼식이는 그때마다 더 큰 돌멩이를 깨기 위해 더 큰 충격으로 머리통을 혹사시켰다. 머리통에서 피가 흘렀으나 아이들의 박수 소리에 삼식이는 이를 악물고 참아냈다.

왜? '김일' 같은 사람이 되기 위해.

불투명한 미래에 머리통으로 먹고살기 위해 머리통을 단련시켰다. 그래서 삼식이의 머리통은 더욱 단단해졌다. 그래서 삼식이는 더욱 미련한 인간으로, 공부 못하는 아이들의 전형이 그렇듯이 머리로 해결할 일을 몸으로 때워 나갔다. 그것은 삼식이로서도 어쩔 수 없는 노릇이었다. 천성적으로 머리가 나쁜 아이였기 때문에. 하지만 이 천성적으로 나쁜 머리로 삼식이는 영웅이 되려 했다. 그래서 그는 일부의 고통을 참아내야 했던 것이다. '될 거다'라는 형의 말을 나쁜 머리로 오해한 덕에.

우리는 세빌리아 아저씨를 잊어버렸다.

또한 학교 앞의 이발소에 대해서도 아주 오래전부터 폐허였다고 생각하였다. 그 폐허는 얼마 지나지 않아 사라질 것이라고 생각하였다. 그러다 '아직도 안 흐무러지고 그대로네' 하며 지나쳤고, 다음 날 등하굣길에 이발소를 쳐다보면서 '아, 곧 흐무러지겠구나' 하였다.

그런데 어느 날 그 흐무러질 것을 기대하고 있던 우리 앞으로 세빌리아 아저씨가 나타났다.

"야, 대성아. 그 미친 아저씨가 나타났더라."
"누구?"
"세발나라 말이야."

우리는 삼식이가 전하는 말을 확인하기 위해 모두 이발소 앞으로 우르르 달려갔다.

정말이었다.

우리는 그동안 죽은 줄로만 알았던 세빌리아 아저씨가 나타났다는 이야기를, 아니 직접 눈으로 확인하면서 깜짝 놀랐다.

형은 분명히 세빌리아 아저씨가 죽었다고 하였다. 턱도 없는 소사 아저씨까지 공범으로 만들면서. 그렇지만 세빌리아 아저씨는 살아 있었다. 나는 형에게 그 같은 사실을 따지려다가 형이 늘 그렇듯이 '죽었나 보다'를 '죽었다'로 곡해한 나의 잘못이라고 주장할 것이 분명하였기에 참기로 하였다. 형에게 그 같은 일을 따진다는 것은 '될 거야'를 '된다'로 해석한 삼식이와 다를 바 없는 무식한 행동이었다.

아저씨는 여전히 지팡이를 들고 있었다. 그리고 여전히 우리를 향해 익숙하게 지팡이를 휘둘러 댔다. 또한, 지팡이를 휘두르는 짬짬이 집 앞을 깨끗이 청소하였다. 구멍 나고 색이 바랜 붉은 커튼을 걷어 내 태워 버렸고, 다시 구멍도 안 나고 색도 안 바랜 붉은 커튼을 달았다. 가게 유리문과 비가 줄줄 새던 지붕도 말끔히 고쳤다. 지그재그로 봉했던 문짝도 지그재그 같은 망치질 솜씨로 똑딱거려 예전처럼 복원시켰다.

집 앞과 마당은 깔끔해졌다.

다음으로 갈대와 억새풀, 잡초 등으로 무성하던 텃밭을 다듬었다. 이제 그곳에는 채소가 아닌 온갖 종류의 꽃과 나무들을 옮겨 심었다. 목련, 개나리, 철쭉, 진달래, 유채, 수선화, 동백, 백합, 작약, 장미 등과 제비꽃, 금잔화, 팬지, 채송화, 봉숭아… 등등, 꽃나무와 화초들을 모종하고 가꾸기 시작했다.

이제 이발소 앞을 지나면 각종 꽃향기가 피어났다. 그러나 나에게는 별 관심을 끌지 못하였다. 나는 원래 꽃을 그다지 좋아하는 편이 아니었다. 수박이나 참외에 피는 꽃은 언제쯤 지고, 열매는 언제쯤 매달릴 것인가를 알 수 있기에 신경을 조금 쓸 뿐이었다. 나는 오로지 열매! 열매만을 좋아하였다.

나는 정신을 가다듬어 서둘러 그의 곁으로 다가갔다. 너무도 궁금한 것이 많았기 때문이었다.

이름, 나이, 출생지, 가족관계, 다친 다리, 그 밖에도 나를 포함한 모든 사람들과 결별하고 사는 이유 등등.

우선 아버지가 좋아하시는 탁배기를 양조장에서 한 주전자 가득 채워 가지고 세빌리아 아저씨의 이발소 앞 동그란 나무 의자에 마주 앉는다. 다음 서로 정식으로 통성명을 하고 악수를 한다.

'전 김대성이올시다만.'
'우리가 언제 만난 적이 있었던가요?'
'아, 네. 일 년 전 비 오는 날 언뜻 뵈었지요.'
'그렇군요. 그래요, 저도 생각납니다. 반갑습니다. 전 세빌리아라고 합니다.'

곧이어 나이가 정확히 몇 살인지 물어보아야 한다. 결혼은 했는지, 아니면 나처럼 총각인지. 그런 다음 긴장하지 않게 마음을 안정시킨 후 본격적으로 궁금한 사항에 관하여 물어보아야 한다.

'몇 가지 알고 싶은 게 있어서요.'
'예, 물어보시지요?'
'일 년 동안 어디에 가 있었는지요? 목발을 짚은 다리는 선천적으로 그랬습니까? 아니면 누구에게 맞아서 불구가 되었는지요? 아니면 사변 통에 총을 맞아 그리되었는지요? 그것도 아니라면 장애 판정을 받으면 정부에서 무상으로 나누어 주는 곡식을 타 내려고 일부러 그랬는지요?'

그런 다음 막걸리를 한 잔씩 나누어 마시며 나는 정중히 고개 숙여 사과와 용서를 구해야 한다. 작년에 집을 비우셨을 때, 그대의 행적이 궁금해서 몰래 숨어들었으며 방 안을 구석구석 뒤졌던 것을 삼식이와 함께 무릎을 꿇고 눈물을 흘리며 용서를 빌어야 한다.

그때 나쁜 짓은 삼식이에게 적당히 뒤집어씌우는 것을 미리 계산에 넣어야 한다. 왜냐하면 삼식이는 맞는 데는 이골이 나 있지만 나는 매 맞는 것에 대하여 심각하게 고려해 보지 않았기 때문이다.

'다 저 삼식이란 놈이 저지른 일입니다.'
'그랬군요. 전 그런 줄도 모르고 대성 씨를 의심했어요.'
'천만에요. 다 삼식이 저놈 짓입니다.'

삼식이는 꿇어앉아 벌을 받을 것이고, 다시 방 안에 있던 동화童畫에 대하여, 그렇게 잘 그린 아기 그림에 관하여 물어보아야 한다. 그런 다음, 방 안 장롱에 있던 구렁이에 대하여, — 이 부분은 충격을 받지 않도록 겁내지 말 것을 미리 말한 다음 — 또, 명구에게 붙잡힌 구렁이를 내가 구해 준 사실도 달콤하게 속삭여야 할 일이다.

그는 감사의 눈물을 흘릴 것이고, 때마침 텃밭에서 날아온 나비가 나와 세빌리아 아저씨의 머리와 동그란 의자와 막걸릿잔에 아름다운 향기를 선사할 것이다. 그러나 삼식이 머리통에는 절대 앉지 못하게 해야 한다. 너무나 빤질거려 나비가 기겁을 할지 모르기 때문이다.

나비가 날개를 파닥거리며 아름다운 향기를 선사할 것이고 우리의 대화는 더욱 유쾌해질 것이다. 그런 뒤, 아저씨와 나는 인생 전반에 대하여 담소談笑와 함께 토의를 할 것이고, 꽃밭을 나란히 걷게 될 것이다. 아저씨가 나에게 수박꽃, 참외꽃, 주로 열매가 달리는 꽃들을 한 다발 선사할 것이고, 나는 속에 유채꽃 무늬가 가득한 유리구슬 몇 개를 아쉽지만 선물할 것이다.

마지막에는 일사병에 대하여 공동으로 대응할 방법에 대해 논의할 것이고, 진정한 친구의 마음으로 뜨겁게 포옹을 하면서 그동안 왜 그렇게 슬프게 울었는가를, 우수에 찬 눈물의 의미가 무엇인가를 따뜻한 어조로 물어보아야 한다. 모든 대답을 듣고 난 후 꽃밭에서 나와 그때까지 계속 꿇어앉아 있는 삼식이를 일으켜 세워 미련하기에 불가항력으로 저지른 일이니 용서해 줄 것을 간곡히 청할 것이다. 삼식이는 내가 맞을 매까지 포함하여 지팡이로 몇 차례 얻어맞을 것이고, 그런 후에 손을 흔들며 다시 만날 것을 기약하며 헤어지리라.

너무나도 황홀한 상상이었다. 아저씨와 내가 친구가 되는 것이다. 손을 잡고 꽃길을 걷게 되는 것이다.

이렇게 나는 아저씨에게 서둘러 다가가고 있었다.

19 찐다 찐다

나는 일사병을 차츰 두렵지 않게 생각하였다.

삼식이도 세빌리아 아저씨도 건재하였으며, 우리나라에서는 발생률이 극히 드문 병이라는 것을 알게 되었다. 그러나 햇볕과 태양열은 무서운 적이라는 적개심은 여전히 가지고 있었다.

세빌리아 아저씨는 이발소 영업을 하지 않아도 아이들에게 버릇인지 습관인지 여전히 지팡이를 휘둘러 댔다. 이발소 문은 아예 닫아걸었다. 사실 이발소 문을 열어 둔다 해도 파리만 날릴 뿐 드나드는 사람은 하루에 한두 명이 고작일 것이었다.

세빌리아 아저씨는 내가 자신을 그리워하였다는 사실을 전혀 의식하지 못하는 것 같았다. 가끔 아저씨 곁을 지나칠 때면 나에게도 예외 없이 지팡이를 휘두르거나 알아들을 수 없는 폭언을 하였다.

가게 유리문은 이발소 영업을 하지 않았음에도 여전히 등하굣길에만 열어 놓아 지팡이를 휘두를 명분을 만들어 놓았다. 그러고는 시도 때도 없이 중얼거렸다.

"중공 땅에… 사람이… 국민학… 중학교가…."
"저 사람 또 시작이다."

아이들은 학교 가는 길에 중얼거리는 세빌리아 아저씨를 만나면 예외 없이 낄낄거렸다. 그러면 세빌리아 아저씨는 자신에게 불리한 말이거나 놀림감이 되었다는 사실을 알기라도 하는지 지팡이를 휘둘렀다.

"중공 땅에… 사람이… 국민학… 중학교가…."
"찐다 찐다 찐 찐다. 꽁지 꽁지 개 꽁지, 생쥐 꼬리 노랑 꽁지, 꽁지만큼이라도 나 잡아 봐라!"

우우우, 주로 중학생 형들이나 고학년 아이들이 등하굣길에 세빌리아 아저씨를 놀려 댔다. 그러면 아저씨는 기겁을 하며 쫓고, 아이들은 와아아! 웃으며 달아나고, 쫓고, 달아나고. 그러다 결국 아저씨는 지쳐서 헉헉거리며 털썩 주저앉았다. 아저씨의 동태를 살피며 멀찍이 달아났던 아이들이 다시 아저씨를 향해 서서히 몰려들면서 '찐다 찐다 찐 찐다. 꽁지 꽁지 개 꽁지, 생쥐 꼬리, 꽁지만큼이라도 나 잡아 봐라!' 하며 아저씨의 눈앞에서 다시 흥에 겨워 놀려 대면 얼굴이 벌겋게 달아오른 아저씨는 주저앉은 채 지팡이를 아이들을 향해 길게 뻗어 미친 듯이 발광하였다.

"중공군이다 따따따따따따따…."

우하하하! 아이들은 일제히 웃음을 터트려 응대하고, 그 모습이 우스워 또다시 놀려 댔다. 아저씨와 아이들의 지칠 줄 모르는 싸움에서 언제나 아이들은 승리했고, 아저씨는 철저한 패배자가 되었다.

이제 아이들은 아무도 아저씨를 두려워하지 않았다. 아저씨가 사라졌다 다시 나타난 일 년이라는 세월은 무너질 뻔한 그의 집 대신 아저씨의 권위를 무너트리기에 충분한 시간이었던 것이다. 아이들은 작년에 받았던 설움에 대한 보상이라도 받아야겠다는 듯이 아저씨를 시도 때도 없이 놀려 대며 앙갚음을 하였다.

그리워했는데…. 내가 세빌리아 아저씨를 얼마나 그리워했는데…. 나만은 특별한 대우를 받아야 하는데.

나는 놀림감으로 전락한 아저씨가 야속했다. 또한 놀림감인 아저씨를 계속 놀려 대며 더욱 비참한 놀림감으로 전락시키는 아이들도 야속했다. 언제나 아이들 속에 끼지도 못하고 방관자처럼 어중간하게 있는 나 자신도 야속했다. 그 모든 원인이 아저씨를 미치게 만든 일사병에서 기인했기에 하느님이 최고로 야속했다. 그런 무책임한 하느님이 지배하는 세상이 싫고, 그래서 살기 싫고, 그래서 매일 죽을까 말까로 고민하느라 심드렁할 수밖에 없었다.

속도 모르고 "어디 아프냐? 누구와 다투었느냐? 아니면 누구한테 맞았냐?"라고 시도 때도 없이 캐묻는 엄마도 아버지도 귀찮고 야속하였다.

제발, 가만 내버려 두세요!
제발, 가만 내버려 두세요!
제발, 가만 내버려 두세요!

세빌리아 아저씨가 하루속히 병을 고치고, 나와 그림에 대하여, 구렁이에 대하여 논의해야 하는데. 너무도 황홀한 갓난아기 그림이 어떻게 세빌리아 아저씨의 손에 들어갔는지 알아보아야 하는데….

세빌리아 아저씨는 1년 전과 마찬가지로 전혀 변하지 않았다. 약간 마른 것 빼고는 쉼 없이 중얼거리는 증상까지 일전 한 푼 변하지 않은 상태로 다시 나타난 것이다.

왜 그는 개과천선하지 못하고 계속 인간들을 몰아내며 외톨이가 되어가나? 그가 정말로 미쳤다면 사람들이 그에게 미칠 수밖에 없는 멍에를 씌운 것은 아닐까? 사람이 미쳤다면 미칠 만한 이유를 세상이 만들어 준 것은 아닌가?

 정작 세빌리아 아저씨가 미친 사람이라면 텃밭의 향기로운 꽃나무와 화초는, 말끔하게 단장한 폐허가 될 뻔한 아저씨의 집과 가게는, 또 하나, 세상의 모든 추상抽象을 표현할 수 있을 정도로 잘 그려진 그림은 어떻게 누가 그렸든지 간에 그처럼 소중하게 보관되어 있을 수 있나? 마치 보물처럼 소중히. 그 모든 것들이 미친 사람에게 가능한 일인가?

 나는 좀 더 고차원적인 문제를 등식으로 합리화시키기 위해 고민하였다. 하지만 아무리 고민해 보아도 아저씨의 얼굴에서는 미친 사람이란 등식이 성립되지 않았다. 아저씨가 미쳤다는 등식은 나를 너무 억울하거나 바보같이 만들었다. 하지만 아저씨는 분명 미친 짓을 하고 있었기에 미쳤다는 사실을 부인하지 못했고, 그래서 나는 망연자실할 수밖에 없었다. 완전 천안 삼거리. 이쪽도 아니고 저쪽도 아니고 머리통이 헛바퀴만 돌려댔다.

 나의 머리가 며칠 동안의 공회전으로 일사병에 대하여 무신경해질 즈음 세빌리아 아저씨가 일사병에 대하여 경고하고 나섰다.

 팔월이 시작된 어느 날이었다.

 여전히 태양이 뜨겁게 나의 머리통을 대상으로 반짝이며 쏟아져 내릴 때, 그런 복중에 아저씨가 모자를 쓰고 나타난 것이다.

언젠가 보았던 땜장이 아저씨의 모자보다는 좀 더 화려하고 품위 있는 결이 부드러운 잿빛 모자를 쓰고 돌아다녔다.

가게 문을 아이 손등만 한 자물쇠로 걸어 잠그고는 느릿느릿 학교 담을 걸어 나와 마을로 향하였다. 여전히 손목이 닿는 부분이 닳아서 번들거리는 오동나무 지팡이에 몸을 의지한 채 중얼거리며 장터로, 육[처]거리로, 과수원으로 미친 듯이 돌아다녔다. 이 거리 저 거리 아저씨는 늘 거리에서 만날 수 있는 사람이 되었다.

그런 날이 한 날 두 날, 날수를 더하자 세빌리아 아저씨는 점점 변해 갔다. 수염은 깎지 않아 여윈 얼굴을 온통 가려버릴 기세로 뻗치기 시작하였고, 옷은 빨지 않아 누더기가 되어 갔으며, 신발은 해져서 발가락이 나오고, 나온 발가락이 돌부리에 차여 너덜거렸다. 팔뚝 역시 태양 빛에 까맣게 탈색되어 갔고, 쑥 들어간 눈동자는 더욱 짙어만 갔다.

어디를 가는지 발걸음만 단호하였다. 찌그러진 왼쪽 어깨에 무겁게 보이는 누더기 배낭이 축 처진 채 따라다녔다. 오전이나 오후나 귀신에 홀린 사람처럼, 걸어가야 할 목표가 있는 사람처럼, 걸어가고야 말겠다는 사람처럼, 걸어야 하는 것이 목적이고 목적을 달성했기에 또 걸어야 하는 이유가 생긴 나그네처럼, 그러다 목적을 잃었기에 또다시 걷는 사람처럼, 뒤 한 번 안 돌아보고 열심히 걸었다.

아저씨가 장터에 나타나면 장터 바닥에 흘린 참외 껍질 추렴에 정신 없던 장터 아이들이 '찐다 찐다 찐 찐다. 꽁지 꽁지 개 꽁지, 생쥐 꼬리, 꽁지만큼이라도 나 잡아 봐라!' 하며 같은 방법으로 놀려 댔다. 아이들의 지탄 섞인 웃음소리가 들려오면 영락없이 아저씨가 아이들을 이끌고 나타났다. 아저씨는 대거리를 한 적도 있고, 대거리하기 귀찮으면 따라오며 놀리는 아이들을 못 본 체, 안 본 체, 못 들은 체, 안 들은 체, 귀를 막고 눈을 감고 가던 길을 계속 갔다. 안 보이고 안 들리고, 그래서 자주 비틀거렸고, 그래서 자주 가는 길을 두리번거렸다.

강으로, 산으로, 냇가로, 장터로, 원두막으로, 닥치는 대로, 누구와 만나거나, 인사를 하거나, 인사를 받거나, 돈을 주거나 받거나, 말을 건네거나 건네받거나 하는 일은 전혀 없었다. 그저 태양을 가린 잿빛 모자를 깊숙이 눌러 쓰고, 입 속으로 껌을 씹듯 쉼 없이 중얼거리며 지팡이에 의지한 채 절뚝절뚝 걸어 다녔다.

그런 일은 방학이 끝날 때까지 하루도 쉬지 않고 계속되었다.

사람들은 모두 그를 미친 사람이라는 규정으로 그의 걷기 운동에 대한 정의를 내렸다. 미친 사람. 그래야 아저씨의 행동은 정당화될 수 있었다.

왜 걷는가? 오늘도 걷는다마는 정처 없는 이 발길, 나그네 설움의 주인공이 아닌 다음에야 왜 걷고 있는가? 설사 나그네 설움의 주인공이라 해도 아저씨의 발걸음은 정처 없는 발걸음이 아니었기에 나그네 설움의 주인공으로 아저씨는 적당하지가 않았다. 노상 동네를 떠나지 않고 같은 곳을 반복해서 걷고 있었기에 나그네가 걷는 정처 없는 걸음이 아닌 필시 곡절 있는 걸음이었던 것이다. 걷다가 지치면 아무 집이고 불쑥불쑥 찾아 들어가 주로 자신의 나이 또래 아낙네들을 붙들고 미친 사람처럼 중얼거렸다.

삼식이네 집에 들어갔다가 삼식이 아버지에게 지게 작대기로 얻어터진 일 하며, 얻어터지는 중간에 기영이 엄마를 붙들고 '중공군이, 공격이 와서리⋯' 정리되지 않는 말을 하다가 정리되지 않은 홍두깨로 머리통이 터지도록 몰매를 맞은 일 하며, 만일 그런 행동이 미친 사람의 행동이 아니었다면 벌써 기영이 엄마가 휘두른 몰매의 세기가 미친 사람을 향해 휘두르는 정도로 끝나지 않아 죽거나 동네 밖으로 쫓겨났을 일이다. 하지만 미쳤기에 용서될 수 있는 실수라고 사람들은 여겼고, 그래서 미친 사람에게 포악을 부리는 정도의 매질을 가했고, 그 덕에 또 걸어 다녔다.

그러나 그것만으로 미친 사람이라고 규정하기에는 모호한 부분이 많았다. 적어도 내가 관찰한 바로는 그림이나 구렁이, 흐느낌 등 아저씨에게는 말 못 할 사연들이 아주 많아 보였으며, 말 그대로 말 못 했기에 내재된 불안이 너무 깊어져 자주 흐느끼거나 미친 듯 걸어 다녔던 것은 아니었을까?

20 전나무와 이발사

　세빌리아 아저씨가 중얼거리며 돌아다니다가 불쑥불쑥 남의 집을 기웃대며 몇 차례 소동을 일으킨 이야기는 접어 두기로 하자. 앞에서도 말했듯이 미친 사람들은 흔히 그럴 수도 있기 때문이다.

　어쨌든 그렇게 쉼 없이 걷고 걸어온 세상을 내 것인 양 휩쓸고 다녔던 세빌리아 아저씨는 방학이 끝나갈 무렵, 삼식이 할아버지의 묘와 명구 아저씨 원두막 사이에 있는 전나무 그늘 아래에 온 세상을 헤집고 걸어 다니던 발목을 못으로 박아 고정시킨 듯 정지하였다.

　그럴 즈음, 그는 나의 사정거리 안으로 좀 더 확실한 것들을 거머쥐고 나타났는데, 그날의 사건은 그동안 그의 행적에 대한 결론이나 다름없는 사건이었다.

　아저씨는 단 일 미터도 전나무 그늘 밑을 떠나지 않았다.

그곳에서 모든 것을, 적어도 내가 아저씨를 지켜보는 동안에 다 해결하였다. 가방에서 주먹밥을 꺼내 먹기도 하고, 전나무 밑에서 묘 쪽을 향해 오줌을 갈겨 대기도 하고, 전나무에 기대어 낮잠을 자기도 하고, 맨손 체조에, 하품에 중얼거림까지. 하여간 밤이 늦어지면 잠시 사라졌다가 먼동이 트는 새벽녘이면 어김없이 누더기 가방을 옆구리에 끼고 전나무 그늘 밑에 나타나는 것이었다.

전나무 왼쪽으로는 원두막이, 오른쪽으로는 삼식이 할아버지의 묘가, 그리고 세빌리아 아저씨가 기대선 쪽의 정면에는 마을의 전경이 펼쳐져 있고, 뒤편으로는 학교와 저수지가 있었다.

가끔 풍성한 전나무 가지 위로 소쩍새와 참새들이 수북이 날아들어 여름날의 고요를 깨뜨리기도 하였다. 그러면 세빌리아 아저씨는 오동나무 지팡이로 전나무를 딱딱 소리 나게 때리고, 놀란 새 떼들이 하늘로 날아올랐다. 갖은 화음으로, 자유로운 비상으로, 전나무를 중심으로 원을 그리며 하늘로 날아오르는 새 떼들을 취한 듯 멀뚱히 바라보는 세빌리아 아저씨의 눈동자에 우수가 내비치기도 하였다.

아쉬운, 정작 새 떼가 날아갔기에 고독한, 그런 고요가 찾아오면 아저씨는 산 아래 마을의 전경을 곱씹어 바라보았다.

아침 이슬 속으로 천천히 드러나는 동네의 전경은 운무에 휩싸여 신비로웠고, 점심 무렵에는 멀리 마을을 감싸듯이 활기차게 흐르는 강물이 여유로웠고, 노을이 반추하는 저녁 무렵에는 온 동네의 산하가 불타오르듯이 정열적이었다.

아저씨는 가끔 자신의 지팡이로 땅바닥을 직직 긁어 무엇인가 그려내기에 열중하기도 하였고, 젖은 듯한 목소리로 노래를 흥얼거리거나 하모니카를 불며 자연과 조화로운 하루하루를 보냈다. 예전처럼 오빠생각, 반달, 종달새 같은 동요를 하모니카로 자주 연주하였다. 하모니카에서 흘러나온 모든 화음이 어우러져 전나무를 중심으로 작은 음악회가 이어졌다. 하모니카 소리에 맞춰 나뭇가지들이 율동하였다. 하모니카 소리에 맞춰 새들이 지저귀었으며, 하모니카 소리에 맞춰 춤을 추듯 시간이 흘러갔다.

하늘이 먹물을 뿌린 듯 짙어지기 시작한 어느 날이었다.

낮 동안 전나무 등걸에 등을 기댄 채 잠만 쿨쿨 자던 세빌리아 아저씨가 노을이 깔리기 시작한 저녁나절에 부스스 몸을 털고 일어났다. 때마침 동네는 전나무를 시발始發로 붉은 노을이 노정을 따라 하늘과 산 어름으로 가득 흘러내리고 있었다.

아저씨는 잠시 넋을 놓고 불꽃이 춤을 추는 동네를 관망하였다. 동네 제일 앞줄에 있는 우리 집 굴뚝에서는 엄마가 밥을 짓는지 연기가 솟아났다. 우리 집을 중심으로 쥘부채처럼 퍼져 있는 마을의 다른 굴뚝에서도 예외 없이 흰 연기가 꼬리를 물고 솟아났다.

아저씨의 얼굴로 바람이 스쳤다. 그러자 아저씨는 상을 찡그리며 한숨을 푹 내쉬었다. 고뇌가 스쳤다.

고뇌스러운 얼굴 표정이 얼마간 나를 걱정스럽게 만들었고, 동네의 전경을 취한 듯 바라보며 고개를 설레설레 흔들던 아저씨가 아주 조심스럽게, 그동안 자신의 신체 일부처럼 지니고 다녔던 누더기 가방을 열었다. 누군가에게 쫓기는 사람처럼 연신 좌우를 살핀 후 차근차근 가방끈을 풀어헤친 후 주섬주섬 가방 안의 물건들을 끄집어냈다. 먼저 가방 왼쪽에서 직사각형의 송판 한 장이 나왔다. 다시 안쪽을 뒤적거려 몽땅한 나무 쪼가리들을 꺼내 들었다. 그것들을 전나무 그늘 주변에 쿡쿡 찌르더니 송판을 그 위에 얹은 후 못질을 해서 마을을 향하게 세워 놓았다. 못질이라기보다는 구멍에 어릿하게 끼우는 것 같았다. 서늘한 바람이 부는데도 세빌리아 아저씨의 얼굴은 점점 땀으로 범벅이 되어 갔고, 석양을 되받은 안면은 이발소 방에서 보았던 구렁이처럼 흉한 기운으로 번들거렸다.

무엇을 하려는 걸까?

그림을 그리는 도구들 같은데… 혹 그림이라도 그리려는 것은 아닐까?

아저씨의 수상쩍은 행동을 염탐하며 이발소 방에서 보았던 아기의 그림이 생각났다.

그림을 그린다면 혹, 그 아기의 그림도 아저씨가 그린 그림이 아닐까? 그토록 잘 그린 아기의 그림, 빼어난 솜씨로 아기의 그림을 그려 낸 사람이 바로 아저씨가 아닐까?

그럴지도 모른다.

나는 더욱 깊은 의혹에 싸여 이것저것 갖다 붙여 추리를 해 보았다. 하지만 이것저것에 알맞은 이것저것같이 분산되는 미진한 해석만이 이어질 뿐이었다.

어쨌든 아저씨는 모든 구조물이 완성되자 아주 조심스럽게 송판을 전나무의 등걸에 기대어 놓았다. 그러고는 눈동자를 모아 세워 놓은 송판을 응시하였다.

나는 좀 더 세밀한 관찰을 위하여 아저씨 근처에 있는, 아저씨의 호흡 소리까지 감지할 수 있는 떡갈나무 밑으로 자리를 옮겼다. 떡갈나무의 덩치 큰 나뭇잎에 나를 숨긴 채, 온 주의력을 집중시켜 아저씨를 관찰하였다. 숨소리마저 참아 가며 아저씨 곁에서 밀려오는 수상한 냄새를 맡기 위해 끙끙거렸다.

아저씨의 손끝이 가볍게 떨리는 것이 내 작은 호흡에 감지되었다. 자꾸 두리번거리며 떨리는 손을 마주 잡고 비벼 댔다. 가슴이 심하게 요동치는 것으로 보아 호흡이 다소 가빠짐을 알 수 있었다. 지켜보는 나의 숨결 역시 가빠져 잠시 호흡을 골라야 했다.

무엇을 하려는 것일까?

설마 진짜로 그림을 그리려는 것일까?

아저씨의 시선에 담기는 피사체. 아저씨의 시선은 차츰 마을의 중심으로 번져 나갔다. 그러다 어느 한 정점으로 더욱 집요하게 응집되어 갔다. 어디를 향하는 눈빛이었는지, 그 초롱초롱 반짝이는 눈빛으로 쫓기는 사람처럼 또다시 목을 길게 늘이고 숲 양옆의 상황을 장황하게 살폈다. 주변에는 조금의 수상한 기척도 없었다. 그래도 무언가 수상한 것들을 발견해 내야 하는 사람처럼 주위를 매몰차게 두리번거리더니 크게 가슴을 열어 호흡을 했다.

순간 부시럭, 나의 발밑에서 자의가 아닌 요동이 한 차례 일어났다. 덜컥 가슴이 두방망이질하더니 방망이 같은 아저씨의 눈동자가 서서히 밀려왔다. 나는 더욱 몸을 붙여 떡갈나무 잎으로 스며들었다.

아저씨가 안도의 빛을 띠며 재차 가방 속을 뒤적거렸다. 가방 속에서 꺼낸 것은 종이 뭉치였다. 언젠가 명구 아저씨와 내가 전나무를 사이에 두고 대치할 때 아저씨의 뒤춤에 꽂혀 있던 화선지 종이 묶음이었다.

화선지 다발 중 한 장을 빼내 편편하게 펴 송판 위에 가지런히 올려놓았다. 그리고는 아주 가는 붓을 꺼내 들어 먹물인 듯한 액체를 찍어 내 마을을 바라보면서 그림을 그리기 시작하였다. 붓 대롱을 쥔 오른쪽 손목에는 힘이 가득했고, 가득한 힘은 아저씨가 이끄는 대로 역동적으로 물결쳤다.

그림을…, 아저씨는 그림을 그리는 사람이었나?

나는 혼란스러웠다. 이발사와 미친 사람과 그림이라니, 미친 사람이 그림을 그리다니, 이발사가 가위로 머리카락만 자르면 그만이지 턱도 없이 그림을 그리다니. 어디 이발사 대항 미술 경시대회라도 열리는가? 말도 안 돼. 이발사와 그림이라니. 차라리 이발사와 미용 대회가 모양이 낫지.

전나무와 이발사. 전나무와 이발사의 그림. 그리고 미친 사람.

전.나.무.이.발.사….

생각이 매듭을 짓지 못한 채 깊어만 가자 더욱 갈팡질팡하였다. 머릿속은 '갈'과 '질'이 내는 '팡팡' 소리로 빈틈이 없었다. 여백이라고는 단 한

치도 없이 머릿속에는 오로지 '갈'과 '질'이 영역을 넓혀 갔다. 그래서 다른 생각은 할 수 없었다. 그래서 '갈'과 '질'이 더욱 팡팡거렸다. 갈팡, 질팡, 갈팡, 질팡, 갈팡, 질팡.

이런 나의 갈팡질팡은 아랑곳도 하지 않고 붓을 흔드는 아저씨의 모습은 열광적으로 보였다. 혼신의 힘을 다하는 듯 얼굴에는 정열의 대비, 노을의 역동이 가득하였다.

어느새 시간은 흘러갔다. 흘러간 시간 동안 혼신을 다했던 아저씨의 몸에서 땀방울이 흘러내렸다. 얼굴에서도 혼신을 다한 화기가 아지랑이처럼 피어올랐다.

상체는 비교적 단정하게 들어 올리고, 안면의 초점은 오로지 한곳만을 뚫어지게 바라보고 있었다. 마을을 관점으로 뚫어지게 바라보던 시야는 어느 한 곳을 향해 퍼져 나갔다. 투덕투덕 전나무 등걸에 등판을 지지해 가며 연신 붓끝을 현란하게 놀렸다.

눈동자는, 약간 멀어 자세히 볼 수 없었으나, 삼백三白안으로 희멀끔 부풀어 올랐고, 쉼 없이 중얼거리던 아저씨의 입술은 굳게 닫혀 있었다.

당시 아저씨의 모습은 누가 봐도 정상인이었다. 붓끝을 휘젓는 그의 손길과 표정은 미친 사람이 흉내 낼 수 없는 진지함이 배어 있었다. 진지함은 정상적인 사람만이 표현할 수 있는 표정 아니겠는가. 물론 간혹 삼식이 같은 예외도 있었지만.

   시간은 더욱 빠르게 흘러갔다. 이제 주위의 사물들은 어둠의 자취로 먹빛이 되었다. 하지만 아저씨는 조금의 요동도 없이 미지를 대상으로 손끝을 열심히 움직여 그려 나갔다.

   밤은 점점 무르익었다. 서서히 지루함과 졸음이 밀려들었다.

   시야의 혀를 뻗어 주위를 살펴보았다. 어느새 진한 어둠에 동네의 모든 체취는 시야의 혀끝에서 감촉을 잃고 있었다.

   무엇을 그리는지 궁금함이 나를 안달하게 했고, 지루함이 가슴을 갑갑하게 만들었다. 요의가 느껴졌으나 움직일 수 없었다. 나의 움직임으로 아저씨의 작업을 방해하고 싶지 않았기 때문이었다.

   머릿속에선 '열정적 이발사'가 묶이고 있었다. 아저씨가 그림을 그린다는 사실이 의미하는 것은, 그동안 적립되어 왔던 미친 사람이라는 의식의 종지부였다.

   미친 사람과 그림은 아귀가 맞지 않는 그릇 같은 것이었다.
   미친 사람과 그림은 삼식이와 숙제, 공부 같은 것이었다.

미친 사람과 그림은 용자와 백설공주 같은 것이었다.

이렇듯 그림을 그릴 수 있다는 하나의 사실만으로도 아저씨는 이미 미친 사람이 아니었다.

나는 미치지 않은 아저씨가 고마웠다. 마구 달려가 아저씨의 손목이라도 잡고 '아저씨, 고마워요' 하고 싶었다. 아저씨 고마워요, 미치지 않아서….

어쨌든 미치지 않은 아저씨는 더욱 정상인임을 확인시키기 위해 퍼붓듯 붓을 들어 화폭을 찍어 나갔다.

점.점.점.점.점.

마치 장중한 오페라를 지휘하는 지휘봉을 든 지휘자처럼, 붓을 들고 열중하여 그림을 그려 나가는 표정도 갖가지였다. 왼쪽으로 몸을 기울여 화폭을 응시하다가, 어느새 오른쪽으로 균형을 옮겼다. 눈을 치뜨다가, 갑자기 화폭 아래로 깊숙이 숙여 붓을 움직였다. 전체적으로 화폭을 자기 중심에 놓고 현란하게 율동하는 아저씨의 그런 모습은 사뭇 성스럽게까지 보였다. 나는 마치 최면에 걸린 듯 아저씨의 작업 속으로 몰입되어 갔다. 요지부동! 요의가 요지부동이었고, 나의 심장이 요지부동이었으며, 나의 숨소리마저 요지부동이었다. 핏줄기들마저도 요지부동에 동참하였다. 순환을 멈추어 버린 것처럼 모든 것이 요지부동이었다.

어느 틈에 주위는 완전히 어두워졌다. 순간, 하늘에서 후드득 빗방울이 머리 위로 떨어졌다. 빗물로 인해 살갗에 서늘한 기운이 잦아들었다.

나는 손을 뻗어 떨어지는 빗물을 맞았다. 굵은 빗방울이었다. 삼식이 머리통만큼이나 굵은 빗방울이 점점 양을 보태며 떨어졌다. 삼식이 머리통처럼 굵은 빗방울에 맞은 갈잎들이 몸을 흔들며 소시락거렸다. 후두둑 후두둑, 빗방울에 놀란 산짐승들이 소리를 질렀다. 바람이 일어 지축에 틀어박힌 나무들이 요동하였다. 온 숲이 가늘게 울어 댔다.

하늘이 먹물을 뿌려대 온통 까만 어둠이 되었고, 나의 눈은 무력해졌다.

순간 이 어둠에 무엇을, 무엇이 보여 그림을 그릴 수 있단 말인가? 하는 의문이 바람처럼 머리를 스쳤다.

그러나 아저씨는 여전히 붓끝을 찍어 대고 있었다. 마치 혼이 나간 사람처럼 상체를 흔들면서, 다소 장엄한 몸짓으로 열정적으로 그림을 그리고 있었다.

아저씨가 미쳐 버린 것이 아닐까? 이 비에, 이 어둠에 무엇을 보고, 무엇이 보여 그림을 그릴 수 있단 말인가? 아무것도 보이지 않는데, 아무엇도….

또다시 나를 혼란하게 만드는 잡생각이 머리를 스쳤다. 의문과 함께 떨리는 심장으로 만든 '두근' 방망이가 연속해서 가슴을 두드렸다. 두려움이 밀려들었다. 한밤중에 미친 사람과 그것도 깊고 깊은 산속에서 단둘이, 근접한 거리에 있다는 사실이 만든 공포였다. 그것이 아니라면 미친 사람의 미친 짓에 정열, 엄숙, 진지 등의 의미를 부여하며 공범자가 되었다는 것이, 그렇게 완벽하게 속인 아저씨가 두려웠던 것이다. 믿음의 철저한 배신, 모두가 낭패 그 자체였다. 당혹감은 나를 안절부절못하게 만들었다.

생각이 깊어지자 머릿속에서는 언젠가 보았던 구렁이가 연상되었고, 구렁이는 나의 온몸을 공포로 꼭 조여 왔다.

빗방울이 좀 더 세차졌다. 주위는 칠흑 같은 어둠이 몸을 늘려나갔다.

그러나 세빌리아 아저씨는 작업을 멈추지 않았다. 오히려 더욱 광적으로 붓끝을 휘둘러 대는 것이다.

나는 그제야 아저씨가 빈 붓으로 화폭을 찍어내고 있음을 알게 되었다. 고정적으로 화폭을 찍던 붓끝이 허공에서 춤을 추기 시작했기 때문이었다.

역시 세빌리아 아저씨는 미쳤구나!
미친놈. 바보, 똥개, 삼식이 같은 놈.

울고 싶었다. 엉엉 소리 내어, 온 산중이 다 경악할 정도로 큰소리로 엉엉 울어 버리고 싶었다.

왜 이렇게 억울하단 말인가. 왜 진작 말하지 않았는가. 나는 미친놈이라고. 나는 미쳤으니 관심 접어 두라고. 너도 미치고 싶냐구.

왜 진작 말하지 않았는가. 나는 그냥 이발사일 뿐이라고. 다리를 절고 머리에 총 맞은 병신 이발사일 뿐이라고.

아저씨에게 달려가 멱살이라도 잡고 따져 묻고 싶었다. 그동안 그리워했던 나에게 당신은 어떻게 보상하겠느냐고. 아저씨의 품에 안겨 엉엉 울고 싶었다. 하지만 정작 아무 소리도 내지 않고 눈물만 빗물처럼 주르르 흘러내렸다.

눈물을 훔쳐 내며 하늘을 바라보았다.

먹빛 어둠 곁에 어슬어슬 감도는 푸른 빛. 비에 떨고 있는 짐승들의 숨소리. 세찬 바람에 꺾인 전나무 가지의 비명 소리. 바람에 부딪치는 나뭇잎 소리, 바람 소리….

지상의 모든 소음이 온통 당혹감과 두려움으로 변해 머릿속을 근질근질 기어 다녔다.

다리는 점점 더 땅속으로 푹푹 꺼져 움직일 수 없었다. 땅속으로, 땅속으로, 땅속으로, 땅속으로. 그래서 거의 온몸이 땅속으로 스며들었다. 빠져나올 수 없었다. 빠져나온다는 생각이 점점 줄어들었다. 그런 생각조차 하지 말아야 했다. 생각하면 할수록 땅속으로 더욱 빠져들었기 때문이었다. 숲을 무너트릴 듯이 빗방울과 바람은 흔들었다. 줄줄, 빗물이 흘러내렸다.

갑자기 아저씨가 광란하기 시작했다.

꽝, 꽝, 꽝! 형의 음악책 표지 모델로 왕성한 활동을 하고 있는 베토벤 아저씨처럼 머리를 흔들며 붓으로 지휘를 하였다. ½ 박자에서 붓 대롱은 ¼ 박자로 춤을 추고, 또다시 ⅛ 박자로, 음악 시간에 배운 콩나물 대가리를 뒤집어쓴 모든 음계를 총동원하여 Lento렌토, Andante안단테, Moderato모데라토, Allegro알레그로, Presto프레스토, 마치 오케스트라 지휘자의 지휘봉처럼 붓이 어두운 허공에서 춤을 추고 있었다. 세빌리아 아저씨는 귀신처럼 전신을 흔들며 처참한 몰골로 변해 갔다.

그렇지 않아도 빗물에 온몸이 젖어 세빌리아 아저씨는 물에 빠진 생쥐 꼴이었다. 나는 아저씨의 그런 모습을 보며 죽이고 싶다는 생각이 들었다. 아니, 아저씨 스스로 죽었으면. '죽어 버려라!' 하고 소리치면 아저씨가 바로 죽어 버렸으면. 하지만 정작 '죽어라' 하고 소리칠 수가 없었다.

나의 머릿속에서 열정적인 이발사는 사라지고 대신 미친, 크레이지^{crazy} 이발사가 떠올랐다. 도망쳐야 한다는 자각이 가슴을 조급히 짓눌렀다.

이성을 잃은 바람과 빗줄기는 그칠 줄 모르고 토해지고, 그 바람에 머릿속에 각인되어 있던 형의 목소리가 들려왔다.

'크레이지, 미친놈. 그놈은 미친놈이야.'

달아나야 한다. 도망쳐야 해. 당신과는 끝이야. 이젠 영원히 끝났어. 끝, 끝이야….

미친놈, 크레이지, 사이코, 모두 끝났어. 더 이상 나는 당신에게 기대를 걸지 않겠어. 미치지 않았다는 허무맹랑한 기대 같은 것은 말 그대로 기대일 뿐이었어. 그러니 달아나야 한다.

그러나 달아나려 해도, 마음은 간절해도, 그것은 마음뿐이었다.

"중공 땅이… 국민학생… 이루면서….''

아저씨가 붓끝을 고정시킨 채 서서히 중얼거리기 시작했다.

"중공 땅이… 국민학생… 이루면서… 중공 땅이… 국민학생… 이루면서…."

이상한 일이었다. 중얼거림이 계속될수록 내 옆에, 가까이에, 말을 하는 사람이 있다는 사실에 안도감이 밀려들었다. 그것은 굳이 안도감이라기보다는 그저 인간 저마다가 가지고 있는 친밀감 같은 것이었다. 나는 그런 감정을 세빌리아 아저씨로부터, 아니 나로 인한 교류와 친밀감으로 확대하여 두려움이 사라질 때까지 각본을 만들어 생각하였다.

아버지와 아들, 형과 동생, 삼촌과 조카, 내가 알고 있는 사람 사이를 모두 동원하여 각본을 짰다.

아저씨와 내가 아버지와 아들 사이가 되었을 때, 아저씨와 나는 아버지와 아들 사이에 존재하는 감정이 생겨났다. 아저씨와 내가 형과 동생 사이가 되었을 때, 내 눈깔사탕을 빼앗아 먹던 형이 떠올랐으며, 아저씨와 내가 삼촌과 철없는 조카 사이가 되었을 때, 철이 필요 없는 매형이 떠올랐으며, 꼽사리로 누나의 철딱서니 없음이 따라붙었다. 순전히 필요와 때로는 절대적인 관계들로 인간관계를 점점 발전시켜 나의 마음속은 아저씨의 관계에 대하여 동의를 구했다. 마음속은 쉽게 동의하였고, 그래서 한결 마음이 편안해졌다.

바람의 세기도 약해져 있었다. 빗방울도 바람 따라 이리저리 몰려다니며 다소 부드러워졌다.

나는 편안한 마음으로 서서히 발길을 떼어 냈다. 본능적으로 마을 쪽을 향해 더듬어 갔다. 아저씨가 차츰 멀어졌다. 목덜미가 서늘하여 고개를 돌려 전나무 쪽을 힐끔 돌아보자 아저씨는 예외 없이 광분하고 있었다. 붓을 직각으로 세워 화선지를 꾹꾹 눌러 구멍을 내더니, 결국에는 북북 찢어발겼다. 그러고는 지팡이를 들어 가방과 그림 고정대, 전나무까지 부수자고 작정한 듯 탁탁 패 대기 시작했다. 그러고는 죽어라 악을 썼다.

"죽여라… 죽여… 죽여라… 죽여…."

소란 틈에 나는 그곳을 빠져나왔다.

집에 도착하여 마루에 발을 올릴 즈음, 산속에서부터 시작된 세빌리아 아저씨의 울음소리가, 오랫동안 들어보지 못한 울음소리가, 구렁이 울음소리 같은 울부짖음이 일 년의 공백 속에서 나의 기억을 일깨우며 들려왔다.

으, 미친놈이야! 세빌리아 아저씨는 미쳤어!

휴! 한숨을 내쉬며 이불 속으로 빨려 들어가 이내 잠들어 버렸다.

21 의문투성이

다음 날 아침, 눈알이 시퍼렇도록 아침 해가 눈두덩이를 꼬집어 뜯을 때까지, "여우 할매가 잡으러 온다이" 하며 엄마가 긴긴 세월 써먹었던, 이제는 꼬부랑 할매로 변한 여우골 여우 귀신 이야기로 나를 깨울 때까지, 지난밤 쓸모없이 낭비한 전력으로 인해 잠에 고꾸라져 있었다.

세빌리아 아저씨는 무엇을 그리기 위해, 무엇을 그려 보고 싶어 붓을 들었을까? 그리고 왜 생각을 바꾸어 점 하나 찍지 못하고 붓을 거두었을까?

온통 의문투성이.

의문으로 시작되어 의문으로 귀결되는 의문들이 오직 의문 외에 다른 것은 필요 없다는 듯 뚝방의 애기똥풀처럼 번식하여 갔다.

학교에 가기 위해 길을 나섰으나 여전히 전날 밤의 개운하지 못한 생각들로 온몸이 묵직하여 무거운 가방은 더욱 짐스러웠다.

아이들이 바글바글한 가로수 길에 싱그러운 바람이 불어 주었다. 그러나 그런 바람도 귀찮기만 하였다.

"야, 대성아. 어제저녁엔 어디 갔었누?"
"그냥, 그냥 산에 갔어."
"산에? 근데 왜 나는 안 데리고 갔누?"

삼식이가 기계충으로 바글바글한 머리통을 흔들며 연방 질문을 던졌다.

"새알 주우러 갔니? 그래 새알은 많이 주었누?"
"아니. 새알은 안 주웠어."
"그럼 산에 가서 뭐 했누?"
"아무것도. 그냥 혼자 갈 일이 있어서."
"혼자 가?"
"그래, 혼자 갔어."

장군이 홀로 가야 하는 특별한 상황을 삼식이 같은 졸병이 알 턱이 있겠나. 엊저녁, 만에 하나라도 삼식이를 데리고 갔다면 산통은 벌써 깨어졌을 것이다. 아마 깨진 산통은 오늘부로 모든 아이들 입에서 또 한 번 깨어질 터. 그럼 아이들이 언젠가 소동을 벌였던 것처럼 세빌리아 아저씨를 괴롭혔을 것이다.

"그럼, 나 먼저 간다."

머릿속이 생각으로 가득하여 나는 삼식이를 외면하고 멀찍이 떨어져 홀로 걸어갔다. 아니 뛰어갔다.

"야, 대성아. 같이 가."

찰거머리 같은 삼식이가 나를 따라 뛰어왔다.

찰거머리, 바보 삼식이. 곰 같은 삼식이. 나는 삼식이를 외면하기 위해 더욱 빠른 속도로 달렸다.

수업 시간에도 마찬가지로 머리가 내내 지끈거렸다.

세빌리아 아저씨는 자신이 그리고자 했던 그림을 그리기 위해 많은 시간을 방황한 것 같다. 어쩌면 그는 화가이거나, 화가가 아니더라도 최소한 이발소의 방에 있던 갓난아기 그림은 세빌리아 아저씨가 그린 것인지도 모른다. 그런 것들이 아니더라도 그림과는 최소한의 관계를 맺고 있는 사람임이 분명했다. 가방에서 나온 그림 도구들로 가늠해 본다면. 그는 필시 화가였을 것이다.

그렇게 결론을 유도하자고 수차 다짐했지만 생각은 내내 정리되지 못하였다.

"대성아, 이발소 꽃밭이 뭉개져 버렸어."
"…."

대답이 없자 삼식이는 의자를 바싹 당겨 내 곁으로 다가와 말을 이었다. 종례를 앞둔 시간이라 아이들이 웅성거렸다.

"누가 그랬는지 엉망이 되었더라고."
"나도 봤어."
"그래, 너도 봤어?"

마치 왜 엉망이 된 꽃밭을 가만 내버려 두느냐고 반문이라도 하듯 삼식이가 말꼬리를 치올렸다.

"세발나라가 왜 그랬을까?"
"…."
"정말 아깝더라. 꽃들이 불쌍해."

사실 등교 시간에 본 세빌리아 아저씨의 꽃밭은 엉망이 되어 있었다. 그러나 나는 아저씨가 자신이 그토록 그리고 싶은 그림을 못 그리고 있는 마당에 꽃밭 정도가 망가졌다 하여 그리 중요한 일이 아니라고 여겼다. 그래서 무심했던 것이다.

"야, 삼식아. 우리 집에 가는 길에 이발소 꽃밭에 가지 않을래?"
"뭐하게…?"
"우리 이발소 꽃병에 꽂아 두게!"

덕평 이발소 명구였다.

"그건 안 돼."
"왜?"
"…."
"야, 대성아. 왜 안 된다는 거야?"
"그냥, 그냥 안 돼."
"웃기네. 그게 네 거라도 된다는 거야?"
"…."
"그거 찐다, 그 미친놈 거야."
"찐다? 미쳐?"
"그래, 찐다. 찐다네 밭이잖아."

찐다! 미친놈! 입술을 강다문 나의 주먹이 명구의 얼굴을 쥐어박았다. 우당탕탕! 명구가 책상과 함께 넘어가고 와아아, 아이들이 몰려들었다.

나는 다시 한번 명구의 멱살을 움켜쥐었다.

"한 번만 더 찐다라고 놀리면 네 다리도 찐다로 만들어 줄 테다!"

명구가 다시 한번 의자를 감싸며 무너졌다. 코에서 피가 주르르 흘렀다.

"왜, 왜 그래. 너?"

삼식이가 명구를 일으키며 나를 살폈다.

"찐다? 미친놈? 아니야, 그냥 아저씨야. 그냥 이발소 아저씨라구. 한 번만 더 찐다라고 놀리면 가만두지 않겠어."

하지만 하굣길의 아이들은 나의 경고를 무시하고 주인도 없는 아저씨의 텃밭에 몰려가 꽃송이를 짓밟고, 짓밟은 꽃송이를 더욱 처참한 몰골로 만들며 즐거워하였다. 망가진 꽃대궁이 길 위에 어지럽게 누워있었다.

찐다, 찐다, 찐 찐다!

모두 목청을 돋워 노래를 부르며 깔깔거렸다. 명구가 아이들을 모두 이끌고 아저씨네 텃밭으로 몰려가 한 짓이었다.

나는 그들과 떨어져 외롭게 터덜터덜 집으로 돌아왔다.

아저씨는 무슨 그림을 그리고 싶었을까?
아저씨는 도대체 누구란 말인가?
아저씨는 어디에서, 왜 우리 마을로 흘러들어 왔을까?

궁금증이 수차 고개를 쳐들었다. 그런데 이 같은 나의 모든 궁금증을 머릿속에서 끄집어내 바닥에 내동댕이쳐 짓밟아버리는 사건이 일어났다.

세빌리아 아저씨가 자살을 했다는 것이다. 전나무에 목을 맨 것을 명구 아저씨가 밭에서 내려오다 발견했다는 것이다. 명구 아저씨는 더러 수박값을 속이긴 해도, 형처럼 불확실한 말은 안 하는 사람이었다. 더군다나 명구 아저씨가 과거 전나무 밑에서 당한 사건에 앙심을 품고 세빌리아 아저씨를 위해할 정도로 나쁜 사람은 아니었다. 그동안 나를 괴롭힌 것은 사실이지만 그 역시 내가 먼저 아저씨를 괴롭힌 결과였다.

"젊은 사람이 미쳐 돌아치드만… 그예 일을 냈구면."

쿵, 세빌리아 아저씨가 목을 맸다는 비보를 듣는 순간 내 머릿속과 가슴, 심장, 염통, 콩팥, 십이지장, 하여간 내장 모든 곳에서 설마, 설마, 설마가 부글거렸다. 설마 진짜로 죽었을까? 설마, 설마….

"어쨌거나 시신을 거두어야 할 텐데, 마땅하게 나서는 사람들이 있을지 그것이 문제구먼요."

세빌리아 아저씨가 죽었다는 말은 말짱 거짓말인 것 같아 도무지 믿을 수가 없었다. 믿고 싶지도 않았다. 어디선가 아직도 중얼거리거나 하모니카를 불고 있을 것만 같았다.

어른들이 우리 집으로 하나둘 몰려들었다.

"동네에 이런 횡액이 있나 그려."
"일가붙이 하나도 없는 사람이 굳이 이 동리를 떠나지 않으려 했다는구먼."
"그러게나 말입니다. 지난번 지서에 신고했을 때도 굳이 이 동네를 떠나지 않겠다고 끝까지 버티더랍니다. 쯧쯧쯧."

덕평 이발소 명구 아버지가 삼식이 아버지를 따라 방 안으로 들어서며 혀를 찼다.

"그나저나 횡목橫木은 잘라 내야 하지 않겠습니까?"
"글쎄, 이제는 잘라 내야지 어쩌겠나."

아버지가 명구 아버지의 말에 수긍하는 듯했다.

"암, 진작에 베어 버렸어야 했어. 자네 동상이 그리되었을 때. 내 안 그러던가. 횡목橫木에 귀신이 붙기 시작하면 언젠가는 또 다른 사람이 목을 맨다고…."
"….".
"벌써 두 사람이나 죽어 나갔지 않나."

삼식이 아버지가 아버지의 말에 바늘처럼 따라다녔다.

어른들의 이야기는 도란도란 이어졌다. 화투나 장기를 둘 때와는 사뭇 다른 분위기였다. 하지만 화투나 장기를 둘 때보다는 흐리멍덩한 눈빛이었지만 서로의 마음을 더 헤아리는 듯했다.

"무슨 사연이 있었는지 모르지만 유언장에 그리 썼다면 고인의 뜻을 따르는 게 상례 아닌가. 장례비를 남겨 놓고 갔다니 비용 댈 염려는 없는 것이고."
"몇 해 전부터 장례비 조로 착실하게 농협에 월부금을 냈다는군요."
"허허, 젊은 사람이 아예 죽을 작정으로 산 모양이네그려."
"봉투에 전나무 값으로 돈 만 환을 더 남겼답니다."
"어차피 자를 것인데 돈은 뭔 돈. 장례나 후한 없게 치러 줘야지."

추측건대, 안방에서 들려오는 이야기를 종합하자면, 세빌리아 아저씨는 굳이 전나무를 자르고 그 전나무가 사라진 자리에 자신의 묘를 써 달라는 유언을 돈과 함께 남겼다는 것이었다.

어른들의 이야기를 몰래 엿듣던 나는 전나무를 베고 그 아래에 자신의 묘를 써 달라는 아저씨의 유언을 들은 순간, 좌불안석이 되어 방 안과 마루를 수차 들락거렸다.

그 전나무에서 고모가 목을 맸다는 소문이 있었다. 미쳐서 날뛰다 전나무에서 목을 맸다고 했다. 그런데 왜 하필 세빌리아 아저씨는 고모가 목을 맸다는 그 전나무에 목을 맸을까. 미친 고모, 미친 세빌리아 아저씨. 미친 사람들은 한결같이 전나무에 목을 매기로 무슨 약속 같은 것이라도 했단 말인가? 왜 하필 전나무를 상대로 미친 응어리들을 풀려 했단 말인가. 아저씨가 미쳤다면, 그래서 미친 자의 역할에 충실하기 위해 미친 사람의 통일된 짓거리인 목을 맨 것일까?

그럼, 동화童畫는?
구렁이는?
중얼거림은?
흐느낌은?
지팡이는?

그리고 정작 나는, 나는 어떡하느냐 말이다!

나는, 나는….

가슴속에서 화가 치밀었다. 심장은 '쿵쾅쿵쾅', 머릿속은 '지근지근'. 아저씨가 야속했다. 아저씨가 미웠다. 아저씨가 죽이고 싶도록 미워 어쩔 줄 몰랐다. 하지만 아저씨는 내가 미워하기 이전에 미움의 대상이 되는 게 싫어 죽어 버렸기에, 미워하는 마음은 불쌍, 측은, 가련 등의 다른 의미로 변질되었다.

나는 다리를 공구고, 머리를 공군 다리 사이에 파묻은 채 이 의미들을 되새기며 눈물을 흘렸다.

다 가 버려라. 이 세상에 나 홀로 내버려 두고, 다 가버려라. 다, 다, 모두 다…. 고모도 세빌리아 아저씨도 모두 다 악마다. 그들은 악마다. 왜냐구? 왜냐면… 왜냐면… 나를, 나를 버렸으니까!

눈물이 마를 때까지, 마른 눈물에 세상의 모든 슬픔의 씨앗들이 싹틀 때까지, 그 싹이 나의 눈물을 영양분으로 삼아 열매가 될 때까지, 난 영원히 눈물을 흘릴 것만 같았다. 흘리기로 작정한 듯이 눈물이 쉼 없이 흘렀다.

"그러나저러나 이번 참에 자네 동상 시집을 보내지 그러나. 보아하니 그 이발장이도 결혼하지 않은 것 같던데. 서로 나이도 적당하니 좋을 것 같으이…."

"옳지, 그렇게 하면 좋겠구려. 어차피 둘 다 한 가지 끝으로 죽어갔으니, 한 가지 끝에서 다시 환생하려면 죽은 영혼들을 위해 짝을 맺어 주면 좋지."

명선이 아버지의 말이었다.

"정이 뭣하다면 준비는 우리가 함세."
"그러게 사십구재 전에 짝을 맺어 주는 것도 자네 동상한테 좋은 일일세."
"…."

휴, 아버지는 무겁게 한숨을 내쉬었다.

그리고 긴 침묵이 흘렀다. 어른들은 담배를 피웠다.

"여보, 생각해 보지요?"

침묵을 깨고, 남자들의 말끝에 엄마가 넌지시 말을 이었다.

저녁나절, 눈두덩이가 퉁퉁 부은 나는 삼식이를 데리고 무작정 전나무가 있는 산으로 뛰어 올라갔다. 최소한 세빌리아 아저씨가 자살을 준비한, 마지막을 위한 어떤 뜻이, 세상에 말하고 싶어 했던 무엇인가가, 그가 생전에 가장 오랜 시간 머물렀던 전나무 그늘 밑에 있을 것만 같았다.

괴로운 표정, 슬픈 흐느낌, 중얼거림에 대한 최소한의 대꾸 같은 것이라도.

그러나 깊은숨을 몰아쉬며 뛰어 올라온 산은 평온한 바람뿐이었다. 아저씨가 서서 오줌을 갈겨 댔던 자리는 아무것도, 지린내조차 남아 있지 않았다. 나는 전나무 등걸에 세빌리아 아저씨가 기대어 섰던 모습으로 등을 대고 석양에 물들어 가는 마을을 바라보았다.

맨 먼저 우리 집의 지붕이 보였다. 좀 더 앞으로는 삼식이네 집과 명구네 덕평 이발소, 그 앞으로는 하천이 강둑에 가려졌지만 흐름을 상상케 하였다. 그 옆으로 중첩된 가로수가 깨끗한 점이 되어 시야의 끄트머리에 올라섰다. 동시에 떨어지지 않으려 버티다 고개를 돌리면 어느새 사라져 버리고, 재차 시야의 조망도는 우리 집 담을 펼쳐 보였다. 동네의 자잘한 모든 것들은 한 폭의 수채화처럼 채색되어 아름답게 흘러가고, 나는 그런 동네의 전경을 바라보며 점점 침울해져 갔다.

세빌리아 아저씨는 전나무에 등을 기대고 우리 마을의 이런 풍경을 그리고 싶었을까?

우리 집과 우리 집을 배경으로 하는 덕평 이발소, 우리 집 뒤편으로 흐르는 하천, 우리 집을 넘보는 삼식이네 굴뚝, 우리 집, 우리 집, 우리 집….

만일 세빌리아가 동네의 전경을 그렸다면, 그 그림에는 우리 집이 꼭 등장해야 했다. 어떤 각도, 어떤 방향으로 고개를 돌려보아도 우리 집은 빼놓을 수 없었다. 우리 집 굴뚝, 우리 집 담, 우리 집 지붕, 우리 집 마당 안까지 훤하게 보였기 때문이다.

"야, 대성아. 이리 와 봐."
"왜 그래…?"

삼식이는 넓적한 종이를 주변 곳곳에서 삐라 줍듯이 한가득 모아 가지고 전나무 밑으로 들고 나왔다. 전나무 가지에는 세빌리아 아저씨가 목을 맨 것으로 추측되는 헝겊 쪼가리가 엉성하게 매달려 바람에 흔들거렸다.

끙끙거리던 삼식이가 다소 큰 종이로 일곱 장을 추려냈고, 우리는 머리를 맞대고 일곱 장의 종이를 맞추어 보았다. 이리저리 돌려가며, 눈에 제대로 된 사물이 보일 때까지 오랜 시간에 걸쳐 맞추어 나갔다. 얼마 후 종이는 면을 만들어 냈고, 한참을 끙끙거리던 삼식이가 싱거운 듯 떠들었다.

"야, 이거 모자잖아!"

나는 모자를 응시하다 불현듯, 언제가 모자를 찾기 위해 안방의 장롱 서랍을 뒤졌을 때 본, 바로 그 여인의 모자와 같다는 것을 알았다.

그림의 모자는 세빌리아 아저씨의 이발소 방에서 보았던 동화童畵같이 정교하게, 모자의 실밥까지 보일 정도로 세밀하게 묘사되어 있었고, 그것을 들여다보는 나의 가슴은 묘하게 흥분되었다. 다시 두 장의 그림을 이리저리 붙여 가며 면을 맞추어 보자, 나의 얼굴에서는 서서히 식은 땀이 흘러내렸다.

그 여자, 사각모자를 쓴 그 여자. 분명 장롱 서랍의 사진첩에 있던 여인의 얼굴이었다. 이마 부위와 눈 밑의 점, 콧대의 중간까지, 눈가의 사소한 주름과 피부의 미세한 솜털까지 살아 있는 듯 생생하게 묘사되어 있었다.

점점 완전한 모습을 찾아가는 모자 속의 여인을 보며 나의 머리끝이 쭈뼛해지면서 손끝부터 발끝까지 긴장으로 굳어졌다.

"야, 여기도 한 장 있어!"

순간 나는 삼식이의 손에 쥐인 종이를 낚아채 가루가 되도록 북북 찢어 버렸다. 그리고 발아래 여인의 눈과 사각모자를 힘껏 짓눌러 방망이질하듯 쿵쿵 밟아 형체를 알아볼 수 없도록 만들었다. 여인과 모자는 참혹하게 일그러져 버렸다.

그리고 재빠르게 삼식이의 손을 잡고는 전나무를 벗어나기 위해 혼신을 다해 산 아래로 뛰어갔다. 마치 맹수에게 쫓기는 토끼처럼, 달리기 선수보다 더 빠르게 달음질쳤다.

어느 정도 안심할 수 있는 거리라고 여겨지는 지점에 도달하여 고개를 돌려 내가 달려온 산중을 바라보았다. 누군가 우리를 쫓아 달려오고 있었다. 분명 눈, 코, 입에서 피를 뚝뚝 흘리는 세빌리아 아저씨가 구렁이가 되어 우리의 뒤를 느릿느릿 쫓아오며 중얼거리는 것이었다.

'중공궁니아자랑가하다랗아라'

순간, 나의 온몸은 오한으로 얼어붙었다. 달음질할 수 없을 정도로, 옴짝달싹 못 할 정도의 찬 공기가 목덜미를 서늘하게 스쳤다. 까닭 모를 식은땀이 계속 흘렀다. 몸의 균형이 삽시간에 흐트러지며 삼식이와 맞잡은 손에서는 물기가 배어 나와 미끈덕거렸다.

전나무 가지에는 세빌리아 아저씨가 목을 맨 헝겊 쪼가리가 바람에 나풀댔다. 헝겊 쪼가리가 흔들릴 때마다 차마 말로 할 수 없는 고약한 냄새가 흘러나와 몸속으로 악착같이 스며들고 있었다.

삼식이가 무어라고 하늘 높이 소리쳤지만 아무 말도 들리지 않았다.

그림이다, 하늘이 그림이다.

단지 세빌리아 아저씨가 빗속에서 울부짖던 음성이 비수처럼 심장으로 파고들었다. 눈동자에서는 벌레처럼, 구렁이처럼 느릿느릿 걷고 있는 아저씨의 모습이 일렁거렸다.

도망가야 해!

미친놈이 확실했어. 세빌리아 아저씨는 틀림없이 미친 사람이었어!

"미친놈! 미− 친− 놈!"

나는 자리에 멈추어 서서 산을 향해 미친놈이라 울부짖듯 토해 냈다.

"그래 맞았어! 세발나라는 미친놈이었어. 미친놈! 미친놈!"

삼식이도 엉겁결에 나를 따라 소리쳤다.

미친놈…, 미친놈! 산속에서 메아리가 되어 들려오는 목소리, 굵고 탁한, 슬픈 듯 울려 퍼지는 세빌리아 아저씨의 목소리가 산속에서 흐느끼듯 들려왔다.

와락, 우리는 누구랄 것도 없이 메아리가 되어 돌아오는 미친놈 소리에 기겁하여 산 아래로 다시 달음질쳤다. 메아리 소리는 멀어지지도 사라지지도 않고 우리 뒤를 따라왔다. 우리는 더욱 이를 악물고 달렸다.

순식간에 마당으로 뛰어 들어와 펌프 대 옆에 철퍼덕 주저앉아 마른 숨을 헉헉 골라 냈다.

"도깨비 뿔이라도 본 게냐? 왜 그리 쫓겨 들어오누?"

펌프 대를 찌걱찌걱 눌러 대고 있는 엄마가 허둥지둥하는 나의 꼴을 살피며 물었다. 나는 펌프 대로 달려가 쿵 하고 엄마의 치마폭으로 파고들며 소리쳤다.

"엄마. 세빌리아 아저씨가 죽었어."

영문을 모르는 엄마는 나의 기름기 많은 머리통을 잔잔히 쓰다듬더니 당신의 가슴에 나를 포옥 끌어안으며 재차 물었다.

"다 늦은 저녁에 어디를 그렇게 싸돌아다니다 이제 오누?"
"세빌리아, 세빌리아가…."
"그런데 세발나라가 누구냐?"
"구렁이, 아니 아저씨…. 세빌리아 아저씨가 쫓아와."

흡사 세빌리아 아저씨가 중얼거리듯 사리事理 없는 말들이 쏟아져 나왔다.

"뭐라고?"

그러나 나는 대꾸를 할 수 없었다.

머릿속으로 등식이 연상되어 세빌리아 아저씨와 내가 묶여가고 있었기 때문이다. 잠시 후 아기의 그림이 또다시 나와 연결되고 있었다. 나는 그 모든 것들을 떨쳐 내려 세차게 고개를 흔들며 몸부림쳤다. 그러나 그것들이 떨어져 나감과 동시에 세빌리아 아저씨의 모자와 내가 묶여 가고 있었다. 아무리 고개를 흔들어도 떨어지지 않는 세빌리아 아저씨의 모자가 나의 머리통에 기를 쓰고 달라붙었다.

22 후기

그 뒤, 나는 산수와 등식을 좋아하지 않았다.

그림만 좋아하기로 굳건히 맹세하였다.

중학교에 입학할 무렵, 세빌리아 아저씨의 이발소는 허물어지고 번듯한 문방구점이 지어졌다.

그해 중학교 미술 대전에서 나는 최우수상을 받았으며, 고등학교에 입학해서는 미술반에 들어가 투명 수채화와 불투명 물감인 구아슈^{gouache}를 이해하게 되었다.

그리고 그 무렵, 아버지가 지병인 간암으로 세상을 뜨셨다. 고등학교를 졸업할 무렵, 졸업 작품으로 우연히 출품한 '우리 마을 전경'이 문교부 장관상을 수상해 피콕 그린과 포커스 그린, 샙 그린, 퍼머넌트 그린 등이 들어 있는 수채화 전용의 고급 물감을 부상으로 받았다. 삼식이는

도道 대표로 레슬링 전국 체전에서 3위에 입상하여, 체고를 거쳐 체대에 진학하였다. 명선이는 중학교 3학년 되던 해에 대구로 이사를 간 후 서로 연락이 없었으며, 용자는 중학교만 졸업하고 덕평 이발소의 면도사가 되었다. 명구는 몇 번의 재수 끝에 끝내 대학 진학을 포기하고 아버지의 가게를 확장하여 이발사로 근무하였다.

미대에 진학할 무렵 나는 〈세빌리아의 이발사〉는 이탈리아 오페라 작곡가 로시니가 1816년 로마 사육제 기간에 〈알바미바〉라는 타이틀로 초연을 하였지만 성공을 거두지 못하자, 〈세빌리아의 이발사〉란 타이틀로 작명을 바꾼 후 다른 지역에서 유례없는 흥행을 기록한 작품이라는 것을 알게 되었다.

그리고 여자 주인공은 콘트랄토Contralto, 여성 최저음가 맡았을 때가 소프라노보다 정겹다는 것을 이해하게 되었을 때, 형은 소도시에 소재한 대학의 음악 교수가 되었고, 그해 어머니마저도 노환으로 세상을 뜨셨다.

당시 어머니께서는 사진첩의 여자, 사각모자를 쓴 여자가 나의 생모였다고 말해 주었다. 거친 숨을 몰아쉬며, 일생 동안 꽁꽁 숨겨두었던 중대한 사실을 토로하기 위해 힘겹게 말하였지만, 정작 듣는 나는 크게 놀라지 않았다. 어렸을 적, 초등학교 4학년 때부터 어림짐작으로 감지해 온 터였기 때문이었다.

그리고 어머니가 내 손에 쥐여 주었던 오래된 편지 한 장.

發信人^{발신인} 關東軍^{관동군} 5地帶^{지세} 金敎文^{김교문}.

愛緣^{애연}, 惠淑^{혜숙} 前^전.

戰線^{전선}은 여전히 暗鬱^{암울}하오.
聯合軍^{연합군}의 攻勢^{공세}가 점점 더 猛威^{맹위}하니 우리 天王^{천왕}의 軍隊^{군대}는 죽기를 覺悟^{각오}해야 할 것 같소. 하지만 安心^{안심}하구료. 일전 書札^{서찰}에 당신이 受胎^{수태}를 하였다는 奇別^{기별}을 받고 참으로 萬感^{만감}이 교차하였소. 우리에게 아기가 생긴다니 아마도 내가 꼭 살아서 歸還^{귀환}해야 하는 當爲性^{당위성}의 證據^{증거}라 사료되오.

어찌 砲火^{포화}가 우리의 交感^{교감}을 갈라놓을 것이요. 제아무리 聯合軍^{연합군}의 戰力^{전력}이 優秀^{우수}하여 戰鬪^{전투} 中^중 다리가 부러지면 부러진 대로 목숨이 끊어지면 끊어진 대로 내 당신을 꼭 찾아가리다.

(中略^{중략})

어제 東京大^{동경대} 같은 學府^{학부}에서 같이 修學^{수학}하던 '미우라'라는 日本人^{일본인} 동무를 만났소. 前方^{전방}인 8地區^{지구} 外野^{외야} 戰鬪^{전투}에

서 負傷부상을 당해 現在현재 5地區지구 내 病院병원에서 加療가료 中중인
데 워낙 중한 負傷부상이라 곧 귀환을 할 것 같으오. 東京동경에 도착하
는 대로 人便인편으로 通文통문하여 내 당신을 찾아보라고 했소.

(中略중략)

사랑하오.
 당신을 사랑하는 나의 心情심정은 바로크 시대의 화가 고야의 마드리
드 市民시민의 順敎순교처럼 淨潔정결한 것이오. 또한 당신의 임신은 플
라미르의 受胎수태에 登場등장하는 天使천사처럼 純潔순결한 것이오. 아
무 걱정 말고 기다려 주오. 確言확언하건대 곧 對面대면하게 될 것이오.
다만 한 가지, 만일 내가 돌아가기 전에 出産출산하여 아들을 낳거든 집
안의 돌림자인 大字대자를 揷삽하여 冥契명계하고 딸을 낳거든 당신의
名字명자에 複合복합하여 惠信혜신이라 정해 주시오.

그럼 건강하기 바라오.

檀紀단기 4200년
原원, 愛人애인 金敎文김교문

原원, 愛人애인 김교문, 나는 어머니 손끝에서 죽음의 직전에 밀려 나
온 김교문이 고모에게 보냈다는 한문투성이의 편지를 몇 번에 걸쳐 찬

258

찬히 읽어 보았다. 하지만 김교문이 나의 아버지라는 반증보다는 오히려 유년의 기억 속에 담겨 있던 고모의 영혼의 정랑, 세빌리아 아저씨가 연상되었다.

슬픈 눈동자, 제방에서 울부짖던 목소리. 세빌리아 아저씨는 누군가를 애타게 찾았던 것은 아니었을까 하는 추측.

어쩌면 세빌리아 아저씨는 김교문이 전쟁터에서 원했던 생명을 그리워했는지도. 그러므로 김교문의 편지는 사산의 기억이 되어 아무런 의미도 주지 못했던 것이다.

그 후 교수가 된 형은 나의 대학 등록금과 결혼 자금을 지원해 주었다. 나는 졸업한 이듬해 〈전나무와 이발사〉라는 제목의 수채화로 국전에서 입선하였다. 그러자 모든 사람들은 주저하지 않고 나의 이름 앞에 화가라는 수식어를 달아 주었다.

그리고 결혼을 하게 되었다.

나와 같은 일을 하는 나의 신부는 신혼여행지에서 나에게 모자를 선물했다. 그 옛날, 세빌리아 아저씨가 썼던 모자와 비슷한 모자를.

그 후 몇 번의 개인전을 치르고, 전용 아틀리에를 가지게 되었을 때도 머리 위에서는 여전히 모자가 나를 지켜보았다. 언제나 냄새와 반짝이길 마다하지 않는 머리카락을 부드럽게 감싸 안고서….

 이것이 초등학교 — 이 이야기가 끝나갈 즈음에, 아내는 정식으로 학교 명칭이 국회를 통과해 초등학교로 정해졌다고 하였다 — 시절, 나의 잊을 수 없는 추억 이야기이다.